Acorde-me Antes de Ir
Um Conto da Cia. Justo de Segurança

por

T. M. Bilderback

Traduzido por

Silvia Frantz

Capítulo 1

O despertador começou a tocar estridente às cinco da tarde. Resistindo ao desejo quase incontrolável de pegar a maldita coisa e arremessá-la na parede, Brandon King estendeu a mão e gentilmente o desligou. Antes que pudesse sucumbir à tentação de dormir mais *alguns* minutos, ele ergueu as cobertas e se arrastou para fora da cama.

Nova tarefa esta noite. Tenho que parecer afiado. Tenho que estar afiado! Trabalhando com Patty novamente.

Brandon olhou para o lado da cama de Chris. *Eu gosto deste trabalho, mas ele certamente estraga nosso tempo juntos.*

Ele foi até o banheiro para se barbear e tomar banho. Enquanto Brandon se despia, pensava em suas atividades na última semana.

Brandon King era um "soldado" - um segurança uniformizado da Justo Segurança. Ele levava seu trabalho *muito* a sério. Havia sido notado por Joey Justo, o líder da empresa, e seu parceiro, Percival "King Louie" Washington. Louie convidara Brandon para conversar com ele sobre trabalhar à paisana. Brandon inicialmente ficou empolgado, mas, após refletir, recusou a oferta. Como dissera a Louie, sentia que precisava de um pouco mais de "traquejo" na linha de frente, mas esperava que a oferta viesse novamente.

"Brandon", Louie dissera, "A oferta estará de pé. Quando você achar que está pronto, venha me ver. O trabalho será seu, cara."

Era bom saber que os chefes pensavam bem dele.

Brandon tinha um diploma de bacharel em justiça criminal. Ele estava tendo aulas on-line, perseguindo seu mestrado. Uma vez que tivesse o mestrado, consideraria se iria fazer doutorado.

Ele tinha vinte e um anos de idade.

Brandon ligou o chuveiro e entrou no jato refrescante. Ele ficou lá, deixando a água quente acordá-lo enquanto pensava.

Quando contara a Patty Ferguson, sua melhor amiga e colega, sobre a oferta, ela dissera, "Eu sabia disso. Senhorita Wilhite me ofereceu a promoção também."

"Você aceitou?", perguntou Brandon.

Patty sorriu e deu-lhe um soco no braço. "O que *você* acha?"

Patty estava fazendo os mesmos cursos que Brandon, mas ela tinha uma centelha de ambição que ocasionalmente superava seu bom senso. Mas, não neste caso - ela permanecera um soldado.

"Quando formos trabalhar à paisana, iremos juntos", disse ela. "Isso é o que os melhores amigos *fazem*!"

Brandon saiu do banho, se enxugou e se preparou para fazer a barba. Enquanto ensaboava seu rosto, refletia sobre sua tarefa atual.

Um novo clube na cidade, chamado simplesmente de "*Wham*", decidira que precisavam de mais segurança do que apenas alguns vigias e contratara a Justo Segurança. Como resultado, o *Wham* estava com quatro soldados e duas pessoas à paisana durante o horário de funcionamento. O gerente do clube disse que havia recebido várias ameaças e que o proprietário o havia instruído a contratar segurança adicional e havia especificado a Justo Segurança.

Brandon fora designado para o clube nas últimas três noites. Tinha sido bastante simples, mas, por alguma razão, Tony Armstrong, o chefe dos soldados da Justo Segurança, juntara Brandon com Jim Crowe, e eles estavam cobrindo a entrada juntos. A maneira condescendente e mandona de Crowe para com os clientes deixara Brandon louco, e o deixara imaginando por que um dos fregueses não havia socado Crowe na boca. Finalmente, ele se encheu e na noite anterior ligara para Tony e pedira para ser transferido... ou para que Crowe fosse transferido.

"Sim, garoto, eu sei o que você está dizendo", dissera Tony. "Seus colegas à paisana já reclamaram. Você resistiu mais do que a maioria dos outros. Vamos ver..." Brandon podia ouvir o farfalhar de papel. "Ok, sua amiga, Patty, está livre a partir de amanhã à noite. Eu vou colocá-la com você, e quero que vocês dois rondem dentro do clube. Não posso ligar para Crowe ainda - não tenho ninguém para substituí-lo... mas eu posso colocar alguém com ele na porta. Que tal assim?"

"Obrigado, Tony", Brandon respondeu. "Eu estava com medo de dar um soco nele".

Tony riu. "Eu sei, garoto, eu sei!"

"Ei, Tony?"

"Sim, Brandon?"

"Quem vai estar à paisana?"

Brandon ouvira Tony embaralhar os papéis de novo. "Parece que... ei, você e Patty ganharam o jackpot. Vocês terão o chefão e sua garota."

Joey Justo e Misty Wilhite. Enquanto ele se juntaria a Patty.

Tenho que parecer afiado. Tenho que estar afiado! ele pensou novamente, enquanto enxaguava os restos de creme de barbear do rosto.

O ETERNO DILEMA COM este trabalho não é se eu devo agredir alguém ou matá-los, ou denunciá-los por um ato criminoso. O eterno dilema é este: já que vou trabalhar no Wham *hoje à noite, devo ser discreta com a maquiagem, ou devo entregar o pacote completo... quer dizer, a Patty completa?*

Patty Ferguson olhou para seu reflexo no espelho do banheiro. Seu cabelo loiro emoldurava um rosto com feições muito atraentes e delicadas. Seus profundos olhos azuis não traíam suas emoções ou seus pensamentos. A leve sarda sobre o nariz e a parte superior de suas bochechas sugeria uma vida pessoal ao ar livre.

Não tanto. Patty odiava o ar livre. Todas as vezes que ela fora acampar ou fazer caminhadas, alguma coisa ruim acontecia que a fazia mudar de idéia sobre o quão "ótimo" era o ar livre. Seus pais eram amantes do ar livre, e sempre levavam ela e seu irmão para acampar por uma semana todos os verões. Num ano, ela estava pescando no lago que sempre frequentavam, quando sua linha foi esticada, e ela começou a puxar, brigando com o que quer que tivesse mordido a isca. Quando finalmente enrolara a linha o suficiente para que o pai usasse a rede, descobriram que ela havia fisgado uma enorme tartaruga, com um casco de uns quarenta centímetros de diâmetro. Seu pai trouxe a tartaruga para dentro do barco para tentar tirar o anzol da boca da pobrezinha, mas isso se mostrou impossível. O temperamento, a dor e o medo da tartaruga a tornavam muito agressiva. Quase cortara vários dedos das mãos e dos pés de Patty e de sua família antes que o pai rompesse a linha e a jogasse de volta. Ele deixou o anzol, dando à tartaruga um belo piercing para impressionar seus amigos. Noutra vez, enquanto caminhava em um dos passeios de verão, ela havia deixado a trilha para fazer xixi. Não reconheceu as folhas nas quais ela se agachou como carvalho venenoso e passou algumas semanas se coçando em vários pontos embaraçosos.

Então, não... Patty *não era* do tipo ao ar livre, a menos que envolvesse calçadas, concreto e cidade.

Patty *era*, no entanto, um soldado... da Justo Segurança, nada menos! Ela estava muito orgulhosa disso, e de que tinha sido capaz de ficar perto de seu melhor amigo do colégio na sua vida profissional, alguns anos depois. Até agora, de qualquer maneira.

Às vezes, Patty queria ter aceito a promoção para trabalhar à paisana. Mas, se tivesse aceitado, ela sabia que não teria a oportunidade de trabalhar com Brandon com muita frequência.

Ela dissera a Misty Wilhite, "Não, acho que devo ficar como soldado por enquanto. Brandon e eu podemos fazer mais dessa maneira. Pelo menos por enquanto."

Misty sorriu. "Eu entendo, Patty. Me diga quando você estiver pronta. O trabalho estará lá."

Mas... em noites como esta, trabalhando de segurança para o novo clube mais quente da cidade... se ela estivesse à paisana...

Dane-se! Uniformizada ou não, será o pacote de maquiagem completo!

Patty começou a se maquiar.

"MISTY! VOCÊ VAI FICAR lá a noite *toda*?", disse Joey Justo pela porta do banheiro.

"Eu te disse, estou arrumando minha cara", respondeu Misty.

"Por quê? Caiu?"

"Falou o homem que quer passar a noite no sofá..."

"Apenas brincando, querida."

"Uh-huh .."

"Temos algum tempo antes de sairmos... gostaria de tirar uma soneca rápida. Você me acorda em uma hora, antes de irmos?"

"Sim, Joey, eu vou te acordar antes de irmos. Afinal, não estou planejando ir sozinha para esse negócio."

"Obrigado, querida. Eu te amo!"

TONY ARMSTRONG ESTAVA dando a Mark Haase, o atendente da noite, algumas orientações rápidas antes de entregar-lhe a recepção.

"E não se esqueça, Mark, estou dobrando o turno hoje à noite", Tony disse para Mark. "Vou trabalhar na troca de soldados no *Wham*. Eu tive tantas queixas sobre Jim Crowe, que quero observá-lo em primeira mão."

"As queixas foram tão ruins assim?", perguntou Mark.

"Mais do que eu quero falar. Mais do que deveríamos ter sobre um soldado."

"Qual é a palavra de pânico?"

"Chave inglesa. No improvável caso de você ouvir um de nós dizer isso hoje à noite, mande todo mundo. Nós vamos estar bem atarefados."

"Pelo menos você vai ter os garotos com você hoje à noite. E os chefões. Isso pode ajudar com Crowe."

Tony riu. "Espero que Crowe não estrague a noite com Joey lá. Ele vai levar um pé na bunda... e o chefe entrará com o pé!"

"SENHOR, EU ACHO QUE será hoje à noite."

"Eu certamente espero que seja assim. Não sou um homem conhecido pela paciência."

Capítulo 2

Prontamente às seis e meia Patty abria a porta da frente. Brandon estava em pé, com as mãos atrás das costas. Seu uniforme parecia recém-passado e seus sapatos pareciam recém-polidos. O uniforme marrom de dois tons da Justo Segurança se destacava com a pele café com leite de Brandon. Sua arma e seu distintivo brilhavam.

Patty, claro, também impressiovava com suas qualidades.

"Pronta?", perguntou Brandon.

"Tudo pronto", respondeu Patty. "Você parece afiado, cara!"

Brandon mostrou uma leve sorriso. "Assim como você, minha querida."

"Então vamos lá impressionar aqueles festeiros!"

"...JOEY... JOEY... ACORDE, querido..."

Joey acordou com um sobressalto. Ele olhou para Misty, e realmente engasgou.

"Meu Deus", disse ele com admiração. "Você está linda, Misty!"

Ela sorriu com humildade. "Você acha mesmo?"

Joey fechou a boca com um estalo. "Oh sim."

Misty usava um vestido marrom justo. Chegava ao meio da coxa e deixava pouco para a imaginação... sem revelar nada. O cabelo ia até os ombros, com uma onda nas pontas. Sua maquiagem era muito discreta, quase não se notava que estava usando. Ela usava saltos de uns cinco centímetros, e seu tom de pele tornava desnecessárias as meias. Uma mulher bonita a qualquer momento, ela parecia mais um modelo de revista do que uma especialista em segurança.

"Eu sou o homem mais sortudo do mundo", disse Joey. "Por que uma mulher como você quer se casar com um homem como eu?"

Misty colocou os braços em volta do pescoço dele. "Porque você me faz sentir especial, Joey Justo."

Ela o beijou. Várias vezes.

ALGUNS MINUTOS DEPOIS, quando passaram pela recepção, Mark Haase cumprimentou-os.

"Mark, você pode refrescar nossas memórias com a palavra de pânico desta noite? Joey está pensando que é 'oh, baby'...", disse Misty com uma risadinha.

Mark riu. "É 'chave inglesa', Misty.

"Chave inglesa", disse Joey, mais para si mesmo. "Memorizei."

"Você sabe quem estará com a gente hoje à noite, Mark?", perguntou Misty.

"Claro", disse Mark, consultando a tela do computador. "Brandon, Patty, Crowe e Tony."

"Tony?" perguntou Joey.

"Ele quer observar Crowe. Teve muitas reclamações."

Joey assentiu. "Vamos esperar que seja uma noite tranquila e que Crowe mantenha o emprego."

"Amém. Boa sorte, vocês dois... e tenham cuidado. Eu vou estar aqui monitorando."

Misty sorriu. "Obrigado, Mark."

NINGUÉM SABIA DIZER quem tinha sido o arquiteto do *Wham*. Era um novo clube, construído alguns meses antes, e era um dos edifícios mais incomuns da cidade. Tinha dois andares de altura, com janelas mínimas apenas no segundo andar, nenhuma no primeiro andar e seria um pesadelo para um fã de art déco. As portas da frente reforçadas com aço tinham mais de dois metros e meio de altura e cada metade tinha um metro e meio de largura. Um tapete ia da calçada que levava às escadas da frente até as próprias escadas. Uma corrente de veludo vermelho bloqueava a calçada, e dois homens fortes e volumosos - funcionários do clube, um segurava uma prancheta - vigiavam a entrada com entusiasmo. Somente algumas pessoas podiam entrar no clube, e nenhum padrão ou critério de entrada era revelado para os clientes. *Havia*

diretrizes para a entrada, mas eram elaboradas para serem discretas e não perceptíveis.

Logo ao lado da entrada, havia um vestíbulo que continha um balcão para receber casacos e chapéus, com a presença de duas adoráveis damas em trajes minúsculos. Passando pelo balcão, um conjunto de cinco degraus subia e depois sete degraus do lado oposto conduziam ao clube propriamente dito. Pouco antes de os clientes subirem as escadas, encontravam dois soldados da Justo Segurança. Eles ficavam postados lá, verificando as identidades e, em geral, certificando-se de que os clientes não eram perigosos. Este era o local em que Brandon fora postado nas últimas noites, em parceria com Jim Crowe.

Do outro lado da escada, no piso do clube, muitas mesas, cabines e salas privativas estavam espalhadas ao redor do piso principal do clube, que ficava a um metro abaixo, e era denominado como "o fosso". Algumas das salas privativas eram *muito* privadas, com isolamento de som suficiente para permitir ao cliente abafar o ruído da música e das pessoas. Negócios de natureza ilegal eram muitas vezes conduzidos nestas salas privadas... mas a Justo Segurança tinha sido contratada apenas para manter a paz, não para prender pessoas que faziam negócios a portas fechadas. No entanto, uma regra permanente dada a cada soldado era que qualquer agressão a uma pessoa ou um grupo de pessoas não seria tolerada, e todo o pessoal deveria intervir, sozinho ou com ajuda.

Também era determinado que os soldados dariam apoio aos dois seguranças do lado de fora, mas apenas quando chamados. O gerente, Ray Pruett, fora muito explícito com essas instruções.

"Se alguém pedir ajuda, certamente vocês irão. Caso contrário, seu posto será lá dentro... entenderam?", instruira Pruett.

Esperava-se que os soldados chegassem antes de qualquer um à paisana, mas estes chegavam em momentos diferentes. Ninguém sabia que dois seguranças à paisana circulavam entre eles, e com horas escalonadas e pessoal rotativo, ninguém imaginava que a Justo Segurança estivesse em outro lugar, além dos seguranças uniformizados.

As câmeras de segurança, *não* instaladas nem operadas pela Justo Segurança, estavam posicionadas em todo o clube. Algumas podiam ser vistas... mas algumas se camuflavam muito bem na decoração.

As plantas baixas estavam arquivadas no escritório de registros no centro da cidade. Elas eram bastante precisas nos desenhos. O prédio terminado, no entanto... era algo completamente diferente. Muitas mudanças custando centenas de milhares de dólares foram feitas. Graças a certos subornos, ameaças e o uso de chantagem, essas mudanças não foram registradas em lugar nenhim, e não eram conhecidas por ninguém, exceto pelo proprietário, pelo gerente e certos contratados que construíram as mudanças no prédio.

Brandon King e Patty Ferguson, sem saber das alterações feitas por construtores e empreiteiros, chegaram ao clube às seis e cinquenta da tarde no Porsche Boxster de Brandon, dez minutos antes de as portas se abrirem para o público. O Boxster de Brandon era um modelo mais antigo, mas era um Porsche, e ele era bastante orgulhoso disso... ele próprio o comprara, sem dinheiro da família para ajudar. Havia previsão de chuvas para mais tarde, então Brandon apertou o botão que fechava o capô conversível, e ele e Patty saíram do carro e foram até a entrada dos funcionários.

"Então, Chris não tem mais ciúme de mim?", perguntou Patty.

Brandon sacudiu a cabeça. "Não. Chris finalmente percebeu que 'amiga' não é igual a 'namorada'. Ele riu. "Embora pareça que eu passo mais tempo com você do que com ela!"

Patty colocou o braço no dele. "E é por isso que somos melhores amigos."

Brandon parou de andar e virou Patty para ele. Pegou a mão dela e colocou no seu peito.

"Sente isso?" perguntou.

Patty podia sentir a leve batida de seu coração. "O que? Seu batimento cardíaco?"

Brandon assentiu. "Você dá o ritmo no meu coração, Patty. Você é minha referência. Meu rochedo. Há famílias que não são tão próximas quanto você é para mim. Você *é* minha melhor amiga e sempre será."

Os olhos de Patty começaram a lacrimejar. Ela olhou para baixo antes que Brandon pudesse ver o quão profundamente ele a havia tocado. Recuperou a compostura e olhou nos olhos dele.

"Vamos, cara", ela disse a ele. "Vamos para o trabalho."

Eles se juntaram a um grupo de funcionários e entraram no clube.

JOEY E MISTY ESTAVAM no caminho para o clube. O tráfego ficou um pouco mais pesado à medida que se aproximavam. Enquanto Joey diminuia a velocidade, falou.

"Misty?"

"Hmmm?"

"Quando vamos anunciar nosso noivado?"

Misty ficou em silêncio por um momento enquanto observava o tráfego do outro lado do carro.

"Quando eu estiver convencida de que você realmente quer isso", ela respondeu, em voz baixa.

Joey olhou para ela. A dor que ele sentia era claramente evidente em seu rosto.

"O que você quer dizer?", ele perguntou.

"Oh, Joey, eu sei que você me ama. Essa não é a questão. A questão está em duas partes: uma, por que você esperou tanto tempo? E, duas, por que você não gritou aos quatro ventos que eu disse sim?"

Joey ligou a seta e parou no acostamento. Ligou o pisca alerta e se virou para ela.

"Eu esperei tanto tempo porque *você* queria esperar. Eu não gritei aos quatro ventos porque pensei em gritarmos juntos."

Misty estava olhando para o seu colo. Ela assentiu.

"Sendo assim", ela disse calmamente. "Quando nós gritaremos juntos?" Ela olhou para os olhos dele. "Quando todos vão saber que você acha que eu sou boa o suficiente para se casar?"

Joey devolveu o olhar dela com firmeza e pegou sua mão. "Estou pronto a qualquer momento, minha querida. Eu estarei ao seu lado, agora... e sempre."

Misty viu a verdade nos olhos de Joey e sorriu. Aproximaram-se e beijaram-se... e o trânsito passava pelo seu carro estacionado sem se importar, e o ignorou. Depois de um tempo, as janelas se embaçaram e o tempo foi esquecido.

"STEVE, PELO AMOR DE Deus, você não consegue acompanhar?", disse Miriam Apple, repórter do Canal 7. "Quero dizer, é uma simples *câmera*! Como pode te impedir de me seguir?"

Steve, o fiel cinegrafista, parou de andar. Miriam andou mais alguns passos até perceber que ele não estava mais andando com ela. Ela parou e virou-se.

Steve parou e apontou a câmera para ela com expectativa.

"O que você...?" ela começou, enquanto olhava ao redor.

Miriam estava a cerca de quinze passos da frente do *Wham*, a nova boate. Seu produtor, um homem grisalho e acima do peso chamado Tim Wilson, a mandara lá para fazer uma matéria sem importância. Sem importância, pelo amor de Deus! Uma repórter vencedora do prêmio Emmy, indicada ao prêmio Pulitzer, reduzida a uma matéria sem importância! Seu produtor era um *babaca* invejoso!

Claro, nunca lhe ocorrera que ele só a designara para a matéria *depois* de ela lhe ter dito que ele era um idiota invejoso.

E agora, ali estava Steve, em posição perfeita para ela fazer a sua primeira tomada, apresentando a história sobre o *Wham*.

"Oh", ela disse. Se preparou para fazer sua abertura, amaldiçoando Steve o tempo todo.

Steve ficou quieto e esperou pacientemente.

Miriam ajustou o microfone sem fio e acenou para Steve. "Ok, seu covarde... vamos fazer isso e acabar logo!" Ela sorriu seu sorriso premiado e começou a falar.

"Oi! Eu sou Miriam Apple, falando com você hoje à noite da boate mais badalada da cidade, *Wham*!" Ela acenou atrás de si mesma, apontando sem esforço na posição correta para exibir as letras cursivas em neon vermelho que diziam o nome do clube. "Vou levá-lo aos bastidores e mostrar-lhe o que torna este clube tão popular!" Ela continuou a sorrir por alguns segundos e depois disse, "Ok, corta. Como foi?"

Steve assentiu.

"Claro que foi ótimo... sou *eu*! Vamos - vamos encontrar o gerente deste lugar." Ela começou a andar em direção à entrada. "Eu só espero que aquele idiota estúpido e egoísta do Wilson tenha se lembrado de telefonar e facilitar as coisas para mim."

Várias pessoas já estavam na fila em frente das portas. Um homem alto e musculoso mostrou-lhes a palma da mão na corda de veludo. "Desculpe, pessoal, ainda não estamos abertos. Voltem em dez minutos."

Miriam suspirou, sem paciência. "Eu sou Miriam Apple do Canal 7, e este é Steve, meu cinegrafista. Seu gerente deve estar nos esperando."

O homem sorriu e disse, "Claro, senhorita Apple. Eu não a reconheci. Você é muito mais atraente pessoalmente." Ele segurou a porta aberta para eles.

Miriam deu ao homem um sorriso sarcástico. "Boa desculpa, espertinho", disse enquanto ela e Steve entravam no clube.

PERCIVAL "KING LOUIE" Washington estava desfrutando de um jantar tranquilo e moderadamente caro em um restaurante exclusivo da cidade. Compartilhando o jantar com ele estava uma dama alta e muito atraente chamada Donna Yarbrough. Donna era uma modelo *muito* bem paga.

Louie havia sido batizado com seu apelido anos antes, na faculdade, por sua amiga Misty Wilhite, por causa de uma semelhança facial infeliz com o personagem King Louie do filme *The Jungle Book (Mogli, o Menino Lobo)*. Se Louie tivesse um nariz grande, Misty o teria batizado de "Baloo". Seus amigos da faculdade, os outros três membros fundadores da Justo Segurança, garantiram que o nome pegasse. Louie não se importou. O apelido era muito melhor do que ser chamado de "Percy".

Louie explicava tudo isso para sua acompanhante. A dama era educada o suficiente para rir na hora certa. Ele tinha começado a falar com o que chamava de seu "papo furado do gueto".

"Então, é assim, na faculdade, andando por lá com esse apelido me fazia parecer uma garotinha insignificante. Os racistas achavam que era um nome depreciativo, e muitos brothers também! Mas estava longe da verdade. Foi tudo porque parecia alguém no filme favorito de Misty." Louie deu uma mordida em sua salada, mastigou por um momento, depois disse, "E eu tenho usado esse nome com orgulho desde então."

Donna largou o garfo e disse, "Louie, posso te perguntar uma coisa?"

Louie largou o garfo e respondeu, "*Craro, moça*".

Ela sorriu de sua pequena piada. "Faz cerca de um mês que eu conheço você..."

"Um mês e três dias", terminou Louie. "Mas quem está contando, certo?"

Donna sorriu para Louie novamente. "Um mês e três dias, então. Nesse período, vi vários lados seus. Eu vi o atleta. Eu vi o homem profundo e com sentimentos. Eu vi o homem estudioso e educado, e vi o homem violento... mas apenas quando é necessário, ou inevitável."

"Qual é o seu ponto? Ou a sua pergunta?"

"De todos os lados que eu vi, o que eu não gosto é esse idiota unidimensional, com essa linguagem de gueto. *Por que* você faz isso, Louie?"

Louie olhou para ela com a boca ligeiramente aberta. Depois de um momento, jogou a cabeça para trás e começou a rir. Riu tanto que outros fregueses se viraram para olhá-lo, e ele tinha lágrimas nos cantos dos olhos.

"Oh, baby, obrigado", ele disse depois de se acalmar um pouco.

A moça também ria... A risada de Louie era um pouco contagiante. "Por que você está me agradecendo, querido?" ela perguntou.

Louie pegou a mão dela. "*Você* é a primeira pessoa corajosa o suficiente para perguntar!", ele respondeu. "A resposta é simples, especialmente para alguém que cresceu no Alabama. Ainda havia partes daquele estado esquecido por Deus que via os negros como vermes... ou pior. Você aprende rapidamente a falar com esse "papo de gueto" para não chamar a atenção quando fala com 'gente branca'. Claro, isso é humilhante, e é unidimensional... mas, *lá* e *na época*, era para sobrevivência. Agora? Às vezes, quando estou confortável e não presto atenção em como falo, deslizo de volta... e não percebo." Ele se inclinou para mais perto dela e disse, "Minha mãe, Betty, ficou no meu pé por *anos* para acabar com isso. Agora você. Farei um esforço concentrado para excluir esse hábito da minha linguagem. Que tal, querida?"

Donna deu um tapa na mão de Louie e sorriu. "Obrigado, senhor."

"Fico feliz em te agradar, Donna. Agora, que tal sobremesa?" respondeu Louie, gesticulando para o garçom.

NO EDIFÍCIO DA JUSTO Segurança, em um dos apartamentos no sexto andar, o sócio fundador Dexter Beck estava em casa, meditando. Ou tentando. Ele descobriu que era muito difícil meditar quando sua nova esposa e nova sócia, Megan Fisk Beck, esfregava seus seios contra sua cabeça.

"Dexxxxterrrrr," ela disse choramingando. "Vamos brincarrrr!"

"Por favor, Megan", respondeu Dexter. "Deixe-me meditar por alguns minutos. Então vamos brincar, ok?"

Megan esticou o lábio inferior. "Ok. Eu *tenho* que esperar."

Dexter olhou para ela através dos cílios. Ela era tão *fofa* quando fazia beicinho. E ela era tão extraordinariamente maravilhosa. Ele achava que Megan era realmente sua outra metade - a espontaneidade para o tímido. O pouco tempo que eles estavam casados tinha sido o melhor de sua vida. E, caramba, ela *ainda* estava com o lábio inferior esticado!

Dexter sentiu uma familiar agitação abaixo do cinto. Ele levantou-se abruptamente e disse, "Ok, acho que já meditei o suficiente."

Megan sorriu maliciosamente.

NO QUINTO ANDAR, JESSICA Queen estava lendo a sinopse do novo filme em DVD que havia comprado mais cedo. Ela tinha um segredo bem guardado: era uma viciada em filmes de terror. Embora o filme já tivesse alguns anos de lançado, Jessica estava ansiosa para assistir *Os Mensageiros*, estrelando Kristen Stewart. Ela nunca tinha visto esse.

"Como pude deixar passar *esse*?", perguntou a si mesma.

Jessica colocou um saco de pipoca no microondas. Enquanto estourava, trocou de roupa, colocando uma camiseta e uma calça de moletom. Ela caminhou descalça de volta para a cozinha e pegou uma coca diet na geladeira enquanto esperava a pipoca terminar.

Jessica Queen fora objeto de muita especulação entre os funcionários do sexo masculino da Justo Segurança. Ela fora secretária executiva dos parceiros até poucos meses antes, quando aceitou a oferta de sociedade. Escolheu morar em um dos apartamentos menores no quinto andar, dizendo que era tudo de que precisava.

Jessica nunca recebera um cavalheiro em seu novo apartamento. E parecia não expressar interesse em nenhum dos funcionários do sexo masculino. Então, naturalmente, a especulação corria solta... "Ela é lésbica... tem que ser!" ou "Aposto que ela é casada com algum idiota e eles estão separados..." ou "ele fugiu e a deixou".

Na verdade, não era nenhuma das hipóteses. Jessica *tinha* amigos homens, mas nas raras ocasiões em que passava a noite com algum, sempre era na casa *dele*. Ela sabia que era melhor do que trazer alguém para aquela mina de fofoca. E ela *tinha sido* casada uma vez, quando tinha dezoito anos. Durara um ano e ela achava que eles se separam mais por causa do tédio do que de diferenças irreconciliáveis reais. Ela supunha que o amava, mas era tão jovem na época... como podia ter certeza?

Desde então, ninguém tinha chegado perto o suficiente do seu coração para conquistá-lo. Estava bem assim. Ela estava feliz com sua vida, amava seu trabalho, amava seus sócios e gostava de não dar satisfação à ninguém.

O microondas *apitou*. Jessica levou sua pipoca e a coca para a sala de estar e ligou o filme, pronta para passar sua noite aterrorizada.

TONY ARMSTRONG CHEGOU ao *Wham* às sete e meia. Seu uniforme estava passado e limpo, seu distintivo brilhava e sua arma luzia no coldre. Os soldados da Justo Segurança não usavam chapéus, e o cabelo castanho escuro de Tony era aceitável.

Tony detestava avaliações. Para ele, o próprio fato de uma avaliação ser necessária implicava que o soldado em questão não estava qualificado para "usar o marrom". Os parceiros insistiram, no entanto, em dar a cada funcionário toda chance imaginável, na esperança de que eles se tornassem bons seguranças.

Belo sonho, pensou Tony. *Mas, Jim Crowe é tão bom quanto nada. Eu deveria tê-lo demitido durante o caso de Jackie Blue, quando Dexter o derrubou por ser um bastardo arrogante.*

Tony caminhou até a entrada da frente, passou pela longa fila de suplicantes implorando para serem admitidos no clube, dando apenas uma olhada, e acenou para os dois fisiculturistas que cuidavam da porta.

"Boa noite, pessoal", disse Tony.

"Boa", respondeu um deles. "Você está cerca de trinta minutos atrasado, não está?"

Tony assentiu. "Sim, você está certo. Mas tudo foi combinado com seu gerente. Sou Tony Armstrong, da Justo Segurança. Estou no comando do pessoal, e estou aqui para avaliar um dos meus funcionários hoje à noite."

"Espero que seja o maldito Jim Crowe", disse o segundo. Ele apontou o dedo para Tony. "Se eu pegar esse idiota em algum lugar, eu provavelmente chamarei a polícia para prendê-lo por agressão!"

"Agressão? Por quê?"

"Por bater sua cara em meus punhos!" Ambos os fisiculturistas começaram a rir ruidosamente. Tony sorriu educadamente.

"Obrigado pela contribuição, pessoal", respondeu Tony. "Vou manter isso em mente."

Tony passou os dois e entrou no clube. Quando ele abriu a porta, o baixo e os tambores eletrônicos ecoaram em um som constante e barulhento dentro de sua cabeça. Ele andou até seu posto, sem ser observado por Jim Crowe, que não se incomodou em levantar os olhos de um livro que estava lendo.

"Você está atrasado para o seu posto", disse Crowe. "Vou ter que dizer ao Tony. Ele vai querer uma explicação sobre por que você me impediu de fazer o meu trabalho corretamente."

Tony começou a sentir a agitação da raiva. Ele ainda estava na frente de Crowe, mas agora seu olhar se tornara um clarão e ele cruzara os braços. Não respondeu.

"Bem? Eu não tenho tempo para esperar enquanto você pensa numa explicação. Eu a quero agora." Seu tom arrogante indicava impaciência com um subalterno.

"Vamos esclarecer algumas coisas, *senhor* Crowe", disse Tony.

Crowe olhou para cima com um olhar irritado em seus olhos e uma observação inteligente em seus lábios. Quando viu que era Tony, sua boca se fechou e seu rosto ficou pálido.

"*Você* não está no comando de nada na Justo Segurança. Você tem sorte de ter trabalhado conosco até agora. Se eu quiser uma explicação de alguém, vou conseguir essa explicação eu mesmo. Você é designado a desempenhar suas funções como foi instruído. Nem mais nem menos. Você *não* tratará *ninguém* como alguém que está abaixo de você, e tratará seus colegas de trabalho como amigos e iguais. Eles podem muito bem salvar sua vida mal-intencionada um dia." Ele se inclinou sobre a mesa usada como escrivaninha. "Estamos claros sobre isso, Crowe?"

Crowe engoliu em seco. Ele não esperava que Tony fosse seu parceiro hoje à noite. E agora estava em apuros. *Maldito Brandon - a culpa é dele*! Para Tony, ele disse, "Sim, senhor".

Tony se endireitou e acenou com a cabeça uma vez. "Bom. Agora, vamos ver você fazendo suas coisas, por favor."

"Sim, senhor", Crowe disse novamente, enquanto pegava sua prancheta. Suas mãos tremiam.

Porcaria! O que mais podia dar errado hoje à noite?

RAY PRUETT ESTAVA ANDANDO com Miriam e Steve.

"Eu vejo o seu ponto de vista, Senhorita Apple", disse Pruett. "Mas não posso definir 'popular' mais do que qualquer outra pessoa. Por exemplo, por que o Studio 54 em Nova York permanece popular e sobrevive por tantos anos?" Ele abriu as mãos. "Eu não sei a resposta, e aposto que ninguém mais sabe. O público é volúvel e a popularidade pode desvanecer-se na ponta dos dedos. Ah, aqui estamos nós." Eles pararam em frente a uma das salas privadas. Pruett abriu a porta e entregou uma chave para Miriam e outra a Steve. "Por favor, utilizem esta sala como sua base de trabalho hoje à noite. Cada um tem uma chave e podem entrar e sair quando quiserem. Esta sala é à prova de som, para que possam realizar entrevistas em uma área tranquila. Suas primeiras bebidas são por conta da casa, e a sala também. Preciso cumprir outros compromissos e peço-lhes desculpas. Por favor, aproveitem a noite." Ele saiu.

"Obrigado, senhor", disse Miriam às costas de Pruett. Pruett acenou com a mão para agradecer e desapareceu. Quase imediatamente, a música recomeçou com uma batida constante. Era um DJ com música pré-gravada hoje à noite... sem banda ao vivo durante a semana.

Miriam olhou para Steve, que deu de ombros. Ela balançou a cabeça e usou a chave.

A porta se abriu na sala mais luxuosa e confortável que qualquer um deles havia visto. A sala continha dois sofás macios, espaçosos, e duas namoradeiras, todos estofados com a microfibra mais suave que qualquer um deles já havia sentido. Steve sentou-se em uma das namoradeiras – afundando profundamente - e deu um suspiro enorme de satisfação. Os quatro móveis estavam frouxamente agrupados em torno de uma mesa de café central, e na mesa de centro havia um painel contendo vários botões do tipo campainha, cada um rotulado para o uso pretendido. Um estava rotulado como "garçonete", outro dizia "música", outro ainda dizia "clube". Outro, "DJ" e outro, como "médico discreto". Miriam só podia imaginar para que este seria...

Miriam fechou a porta atrás dela. Quando a porta se fechou, o silêncio foi intenso. Ela não ouvia nada do clube.

"Oh, meu Deus!" ela disse. "Eu *nunca* ouvi nada como isso!"

Steve sorriu e acenou com a cabeça.

Miriam olhou para Steve, sacudiu a cabeça e bufou em zombaria. "Vamos, capitão do sofá! Vamos encontrar alguém para trazer aqui neste doce e silencioso buraco para entrevistarmos."

Eles saíram da sala e entraram na parte central do clube. Quando entraram, caminharam para uma pequena sacada que rodeava uma pista de dança circular. Para entrar na pista de dança, um cliente teria que descer dois pequenos degraus, que eram colocados em vários pontos ao longo da pista de dança, permitindo o acesso de todos os lados. O DJ da noite estava empoleirado num pequeno palco circular, a um terço do caminho para a pista de dança, acessível por uma pista que ligava à sacada. A área da sacada tinha muitas pequenas mesas quadradas para sentar. O bar também ficava ao longo da sacada, embutido em uma das paredes. Três banquetas estavam estrategicamente colocadas em frente ao bar, mas os fregueses eram desencorajados a ficar sentados neles por muito tempo. Dois bartenders, vestidos com camisas polo, com um colete xadrez vermelho sobre as camisas, trabalhavam continuamente. A demanda por bebidas, mesmo nas noites de semana, era alta. Garçonetes, parecendo levemente altivas e vestidas com vestidos curtos e meias pretas, andavam sem esforço entre os fregueses, coletando pagamentos e gorjetas dos clientes.

E os clientes eram abundantes. Eles estavam por toda parte! Poderia se pensar que era sábado à noite! Na pista de dança, se moviam ombro a ombro, todos girando ao ritmo da música.

A música era ensurdecedora.

Miriam se inclinou para Steve e gritou em seu ouvido. Mesmo assim, ele mal pode ouvi-la.

"Pronto?"

Steve assentiu.

Eles desceram e juntaram-se à multidão girando.

"É O QUE ESTÁ DIZENDO, senhor", disse o vice-prefeito para o prefeito. *Seu idiota sem cérebro.*

"Claro que é o que eu digo", disse o prefeito.

O prefeito, Glenn Gould, estava pontificando novamente. Desta vez, o assunto era crime e o recente influxo de novos crimes na cidade. Gould não mencionou ninguém pelo nome, mas o vice-prefeito Morris McIwwain sabia de quem o prefeito estava falando. Mickey Giambini e, Deus os ajude, Esteban Fernandez!

O prefeito Gould recostou-se no banco do carro, gesticulando com a mão direita, enquanto o braço esquerdo estava em volta da esposa troféu. "Isso faz sentido, Morris. O departamento de polícia é incapaz de parar qualquer tipo de crime nesta cidade. A única razão pela qual a máfia Gaimbini está um pouco mansa agora é porque o FBI está monitorando-os do outro lado da rua! E o que nosso departamento de polícia está fazendo enquanto isso? Estão prendendo prostitutas, multando os infratores de trânsito, e segurando seus chapéus e suas mãos para qualquer chefe do crime que lhes ofereça um dólar!"

"Ow! Gle-en!" disse a esposa do prefeito, estremecendo com a pressão da mão dele em seu ombro.

"Oh, me desculpe, querida", disse o prefeito, movendo o braço para o lado. "Lembra daqueles policiais corruptos que sequestraram aquele garoto há pouco tempo? Um detetive particular teve que resolver, com alguma ajuda do FBI! O que há, Morris? E eu nem estou falando sobre a coisa de Fernandez! Jesus, trinta mil pessoas poderiam ter sido mortas, *e nossos policiais não sabiam nada!*" Gould começou a socar o punho em sua mão. "Nós temos que entender essas coisas, e eu digo *agora!*"

Embora tivessem discutido essas coisas muitas vezes nas últimas semanas, Morris sabia que, a menos que o prefeito limpasse a casa no departamento de polícia, nada mudaria. A cidade continuaria sendo uma piada para o resto do estado... droga, do *país*... e não havia nada que eles pudessem fazer sobre isso.

"A única salvação naquela situação no centro de convenções foi Joey Justo", respondeu Morris. "Só Deus sabe o que teria acontecido se sua empresa não estivesse por dentro das coisas."

O prefeito bufou em escárnio. "Eu tenho algumas opiniões sobre *aquilo*, posso te garantir. *E* sobre o senhor Joey Justo!"

Eu aposto que tem, seu fanfarrão intrometido!

A esposa do prefeito deu um grito. "Oooo! Chegamos!"

A limusine parou em frente ao *Wham*.

Capítulo 3

Louie abriu a porta do prédio da Justo Segurança e deixou que Donna entrasse primeiro.

"Você é um cavalheiro, Louie", disse Donna, com um sorriso.

"Obrigado, senhorita Yarbrough", respondeu Louie.

Donna pegou o braço dele enquanto se dirigiam para a recepção.

Mark Haase se levantou quando eles se aproximaram. "Boa noite, Louie", disse ele, então olhou para Donna. "E uma boa noite para você, Senhorita Yarbrough. Eu ouvi algumas coisas boas sobre você." Ele olhou significativamente para Louie. "Você pode imaginar onde."

Donna sorriu timidamente, enquanto Louie tentava esconder seu óbvio embaraço.

"Alguma coisa que eu precise saber, Mark?" perguntou Louie.

Mark sacudiu a cabeça. "Não, Louie, é uma noite tranquila", respondeu o homem da recepção. Ele deslizou um pedaço de papel dobrado para o sócio. "Essa é a palavra de pânico desta noite, senhor. Apenas para alguma necessidade."

Louie pegou a folha de papel, desdobrou-a e depois deslizou de volta para Mark. "Obrigado, Mark, eu entendi." Ele se virou para Donna. "Você gostaria de uma turnê?"

Donna sorriu e pareceu entusiasmada. "Claro, Louie! Seria um prazer genuíno."

Louie sorriu com prazer. Ele se virou para Mark e disse, "Mark, vamos andar pelo prédio e depois nos recolhemos para o meu apartamento. Se precisar de mim, é melhor que seja uma enorme emergência... entendeu?"

Mark sorriu. "Entendi, senhor. A menos que alguém chame a palavra de pânico, eu não vou ligar."

Ainda radiante, Louie respondeu, "Tão feliz em ouvir isso, cara!" Ele estendeu a mão para Donna. "Pronta?"

Sorrindo de volta ao grande homem, Donna disse de brincadeira, "Quando você estiver, *senhor* Washington!"

"Podemos começar embaixo e subir", sugeriu Louie. "Então nós não teremos que voltar."

"Muito bom. Vamos!", disse Donna.

A Cia. Justo Segurança Inc. possuía seu próprio prédio em uma rua arborizada em uma parte melhorada da cidade. O edifício de seis andares acima do solo ocupava grande parte de um quarteirão, com áreas de estacionamento para visitantes e uma área verde ajardinada e parecida com um parque no lado sul. O prédio em si era construído com paredes de concreto reforçado de um metro de largura. Cada janela era feita de vidro grosso à prova de balas, incluindo a porta de entrada dos visitantes. O prédio se estendia por seis andares no subsolo. Os três últimos andares subterrâneos eram usados como área de armazenamento de veículos e abrigavam vários veículos blindados e resistentes a balas para serem usados como equipamento de proteção para transportar e defender funcionários ou clientes. O próximo nível subterrâneo era o arsenal. Todos os tipos de armas eram armazenados no arsenal climatizado, de revólveres e pistolas automáticas, a morteiros, mísseis e lançadores de superfície e ar, e várias armas perfurantes. Armamento e munição armazenados no arsenal eram suficientes para derrubar o governo de um pequeno país, caso eles fossem contratados para tal coisa... e eles o fizeram, duas vezes, uns anos atrás, sob um contrato ultra secreto do governo. O piso acima do arsenal era o armazenamento de registros. Este andar continha os arquivos em papel, computadores, armazenamento de dados e áreas de pesquisa necessárias para a execução e conclusão de contratos com clientes. O nível subterrâneo final era a garagem para o estacionamento dos funcionários, e era acessado por uma entrada no nível do solo, contida por uma porta de aço espessa e pesada embutida nas paredes de concreto do prédio.

No térreo, o primeiro andar continha a área de recepção, o refeitório, a segurança do prédio e as áreas de descanso dos visitantes. O segundo e terceiro andares eram ocupados por escritórios de funcionários, salas de conferência, salas de reunião menores e serviços de escritório. O quarto andar abrigava escritórios executivos e a sala de situação. O quinto andar era para habitação de hóspedes, e o último andar continha apartamentos residenciais para as pessoas de nível superior da empresa. O telhado do prédio tinha um heliporto, equipado com dois helicópteros pretos, reforçados com blindagem e indetectáveis, prontos para voar a qualquer momento. A empresa também possuía dois jatos particulares e dois grandes aviões de carga, alojados em um aeroporto privado ao sul da cidade.

Louie optou por ignorar os quatro níveis mais baixos do prédio. Ele achava que revelar todos os segredos da empresa para alguém que ele estava namorando não seria uma coisa inteligente a se fazer... então a turnê começou no nível do processamento de dados.

"Como você pode ver, este é o cérebro da Justo Segurança", disse ele. "Nós temos nerds, geeks e hackers residentes trabalhando para nos manter atualizados sobre os mais recentes bugs, spyware, malware e processamento de dados em geral. Disseram-me que temos uma configuração de computador que é na verdade um pouco melhor que a da Agência de Segurança Nacional e capacidade de armazenamento suficiente para armazenar todos os registros pessoais e financeiros do país três vezes, com todo o conteúdo da Biblioteca de Congresso duas vezes... e ainda teríamos espaço para armazenar a maioria dos registros de outros países também."

"Uau!" disse Donna, de olhos arregalados.

"Você se lembra do meu parceiro, Dexter, não é? Você o conheceu há algumas semanas", perguntou Louie.

Donna assentiu.

"Ele está no comando destas crianças aqui."

"Eu pensei que ele fosse o professor de artes marciais da empresa", disse Donna.

Vários "nerds, geeks e hackers" estavam trabalhando em alguns dos cubículos, já que o time cibernético não conhece o nascer do sol, o pôr do sol, o meio-dia ou a meia-noite.

"Ele é... mas é um grande geek de computador e um super hacker também." Louie fez uma pausa para acenar para um dos funcionários. "Sua esposa, Megan, era sua segunda em comando aqui. Eles se apaixonaram, e fugiram... logo depois foi oferecida a ela uma parceria na empresa. Ela foi a responsável por identificar a casa de campo de Esteban Fernandez, nos arredores da cidade, quando nós batemos cabeça com ele pela primeira vez, e conduziu um dos dois helicópteros que tentaram pegá-lo. Ela foi ferida naquele ataque na fazenda e se tornou Lady Rambo." Ele parou e riu. "Não há nada que anima mais essa mulher do que a chance de um tiroteio com alguns caras maus... exceto Dexter. E às vezes me pergunto o que a anima mais...

"Então vocês realmente tentaram pegar Esteban Fernandez antes da tentativa de ataque no centro de convenções?"

"Oh sim. Veja, ele disse que ia matar todos nós de qualquer maneira, e quando descobrimos que ele estava do lado da cidade..."

"Um pequeno... ataque *preventivo*... seria apropriado... correto?"

Louie assentiu. "Nós pensamos que sim, mas ele escapou... por pouco... e voltou para tentar matar não só nós, mas também trinta mil pessoas *inocentes*." Ele fez uma pausa e respirou fundo. "Donna, existe o mal neste mundo, com 'e' minúsculo. Então, existe o mal, com 'E' maiúsculo. E depois há o diabo. E depois há Esteban Fernandez." Ele olhou profundamente nos olhos dela. "*Isso* me assusta. E ele está lá fora para nos pegar. Ele tentará novamente. Eu só espero que estejamos prontos. Eu não *finjo* que espero pegá-lo... Eu só quero que todos nós sobrevivamos à sua próxima tentativa."

"OK, JIM, VOCÊ ESTÁ bem no que diz respeito ao procedimento", disse Tony Armstrong. "Você ainda tem um problema com sua apresentação. *Sorria* para essas pessoas, Jim! Eles são os clientes do nosso cliente e temos que tratá-los com profissionalismo e respeito! Agora, você se saiu muito bem com o prefeito e o vice-prefeito, mas tente puxar o saco um *pouquinho* menos."

Jim Crowe olhou para Tony com raiva.

Tony riu e levantou as mãos. "Piada, Jim, foi uma piada! Você lidou com ele bastante profissionalmente. Estou orgulhoso de você."

As 'penas' de Jim se suavizaram um pouco. "Obrigado, senhor. Eu aprecio que tenha notado." Jim, sinceramente, não percebeu que o prefeito tinha acabado de passar. Ele não conheceria o prefeito se ele aparecesse e batesse no seu traseiro! Mas *Tony* não precisava saber disso, é claro.

"Ok, Jim, o chefão e sua dama estarão aqui a qualquer momento", disse Tony. "Eu vou para a pista encontrar Brandon e Patty, e ter certeza de que eles estão bem. Você grita se precisar de algo - é para isso que os rádios servem, ok?"

"Sim senhor."

"Ok, volto daqui a pouco." Tony caminhou propositadamente para dentro do clube.

Quando Tony saiu de vista, Jim exalou. Ele nem percebera que estava segurando a respiração.

BRANDON ESTAVA GIRANDO na pista de dança. Ele de fato não estava dançando, por si só... na verdade, estava tentando se afastar do enorme subwoofer do qual estava muito próximo antes da música começar. Quando o DJ, Icy Hot, subiu ao palco, não deu nenhum aviso - ele imediatamente começou a música. É claro que, como na maioria dos clubes, a música era alta o suficiente para que um humano normal não pudesse ouvir sua própria voz, mesmo que gritasse, e Brandon sentiu o batimento cardíaco correspondente ao baixo do subwoofer. E a cabeça dele também correspondia. E *doía*!

Então, ele estava girando para sair, tentando evitar indivíduos que não pareciam perturbados pela batida repetitiva. E, naturalmente, ele desviou do caminho do subwoofer - pisando e esbarrando em várias pessoas – e se viu na frente de um dos enormes alto-falantes de quase dois metros de altura explodindo na pista de dança!

Brandon apertou as mãos nos ouvidos e isso ajudou um pouco. Ele ainda não conseguia se mexer – o limite que o corpo de bombeiros dera para o clube era de quatrocentas pessoas, e parecia que todas as quatrocentas estavam empurrando ele para o alto-falante. Ele sentia como se seu cérebro estivesse prestes a se transformar em gelatina, quando sentiu uma mão em seu ombro.

Era Tony, que era mais alto que Brandon e mais robusto. Ao afastar o jovem do alto-falante, as pessoas naturalmente se deslocavam e davam espaço a Tony. Como eles estavam no outro extremo da área do "fosso", Tony parou e se virou para Brandon. Tony murmurou alguma coisa, mas Brandon ainda não conseguia ouvi-lo. Tony inclinou-se perto do ouvido de Brandon e gritou novamente.

"Onde está Patty?" gritou Tony.

Brandon se inclinou para Tony. "Ela *estava* no bar, senhor!" Brandon gritou de volta. "Eu não a vejo há alguns minutos!"

Tony assentiu e se inclinou para frente mais uma vez. "Eu vou procurá-la, filho. Fique atento... e fique longe dos alto-falantes!"

Brandon sorriu para seu chefe e disse, "Sim, senhor!"

Tony deu um tapinha no ombro de Brandon e começou a caminhar até o bar. Mais uma vez, as pessoas fizeram espaço para o homem sem ele ter que dizer uma palavra. Brandon sacudiu a cabeça, surpreso, enquanto tentava se mover pela multidão.

"EU TE DEI VINTE, IDIOTA!", gritou o cliente no bar. "Você não vai me enganar!" O freguês, um homem corpulento em torno de um e oitenta e cinco, começou a se mover em direção ao barman ou à caixa registradora com a sua mão direita. O destino ficou desconhecido, porque a mão nunca chegou lá. Uma outra pequena mão segurou seu pulso com uma força quecontrariava sua aparência delicada. A mão então virou o pulso do homem beligerante para trás e para cima, na parte inferior das costas dele, enquanto outra mão empurrava a parte de trás da cabeça com firmeza deliberada na superfície do bar.

"Senhor, eu posso quebrar seu braço... ou posso te escoltar até uma mesa. Eu também posso acompanhá-lo para fora. A escolha é sua", disse uma voz feminina com firmeza perto da orelha direita dele. "Mas eu vi toda a transação... Jimmy, o barman que você chamou de idiota, deu a você o troco correto. Você deu a ele uma nota de dez. Agora quero que você escolha. O que quer que eu faça?"

O homem, espantado e com algum desconforto, disse, "Por favor, deixe-me levantar! Eu sinto muito! Não vou causar mais problemas, eu prometo!"

"Tudo bem, eu vou soltar você agora. Lembre-se da sua palavra", admoestou a voz.

A pressão na cabeça dele foi removida e seu pulso foi liberado. O homem se levantou, segurando seu pulso direito com a mão esquerda e esfregando-o. Ele olhou para quem o prendera. Viu uma loira extremamente atraente, com aproximadamente um metro e sessenta de altura, usando o uniforme marrom de dois tons da Justo Segurança. Sua boca se abriu, mas não se sabia se o homem estava mudo por sua atratividade ou pelo fato de que ela havia parado sua agressividade com tanta facilidade.

Patty observou o homem, balançando e se equilibrando nas pontas dos pés. Se o homem decidisse faltar com sua palavra, ela estava pronta para "explicar" as coisas para ele com um tratamento mais severo, e depois jogá-lo lá fora. Se ele honrasse sua palavra, ela pediria a Jimmy que lhe desse uma bebida... uma bebida *fraca*.

O homem continuou a olhar para ela. Finalmente, ele balançou a cabeça, virou-se e desapareceu na pista de dança lotada.

"Obrigado, Patty", disse o barman. "O cara estava realmente procurando por problemas."

Patty sorriu para o barman, que era um fofo. "Apenas fazendo o meu trabalho, Jimmy."

"E fazendo muito bem, eu posso ver", disse uma voz familiar atrás dela.

Patty, surpresa, virou-se para ver Tony em pé com os braços cruzados.

"Bom trabalho, criança", disse Tony. "Quase tão bom quanto Misty. Um pouco mais de tempero, e você vai dar um bom páreo!"

Patty corou e sorriu timidamente. "Obrigada, Tony."

"Você parece estar melhor do que Brandon esta noite", ele respondeu. "Deixe-me contar o que aconteceu..." E ele disse a ela sobre encontrar Brandon preso pela multidão na frente do alto-falante. Ambos começaram a rir.

"Você deveria tê-lo visto - parecia que alguém estava sugando o cérebro dele pelo nariz ou algo assim."

"Eu vou ter que provocá-lo sobre isso", disse Patty. "Então, como vai a avaliação de Crowe, senhor? Quer dizer, não é da minha conta, mas se houver algo que eu possa fazer para ajudá-lo, gostaria de saber."

Tony sacudiu a cabeça. "Neste ponto, só ele pode se ajudar, Patty. Seu emprego depende dele agora."

Patty assentiu. Ela olhou para baixo com um olhar de preocupação em seu rosto.

Tony ficou surpreso. "Você realmente se importa, não é?"

"Sim senhor. Brandon também. Eu sei que ele reclamou de Crowe, mas foi só porque não sabia mais o que tentar com o ele."

"Vocês, crianças, não se preocupem com ele. Ele vai ficar bem, mesmo que não mantenha o emprego conosco. Joey fará tudo o que puder para encontrar outra coisa para o cara."

"DOCE MEGAN... EU TENHO que me levantar. Preciso descer e verificar aquele programa de segurança."

"Você precisa *levantar*, Dexter... fique aqui e verifique o meu programa."

"Megannnn..."

"Mmmm... mostre-me o seu disco rígido, Dex..."

"...E *prometo* aos cidadãos de nossa cidade que minha administração *fará* a coisa certa sobre essa questão!"

"Obrigada por esses comentários, prefeito Gould. Sr. Prefeito, o que acha do clube *Wham*, e por que acha que é tão popular?"

"Miriam, *Wham* é uma boate maravilhosa e tem um design inovador. Acho que a atenção para o que há de mais recente em música, iluminação e atendimento ao cliente garantirá que ele se torne uma atração permanente em nossa cidade, tanto para residentes quanto para visitantes!"

"Obrigada por falar conosco, prefeito Gould."

"O prazer é meu, Miriam."

Miriam Apple olhou para Steve. Steve abaixou a câmera e acenou para ela. "Eeeeeeeee, corta. Terminamos." Ela se virou para o político inquieto e repetiu, "Obrigada novamente, Sr. Prefeito. Eu agradeço seus comentários."

O prefeito, olhando para a sala privativa, disse, "O Canal 7 pagou por *isso*?"

Miriam riu. "Não senhor. O canal 7 não pagaria minha *entrada*, muito menos uma sala privativa. Não, o gerente... qual é o nome dele, Steve? Ah, sim Ray Pruett... me *ofereceu* esta sala!"

"Uau", respondeu o prefeito. "Ele deve ser um membro do *outro* partido... nem me ofereceu uma!"

"E *este*", disse Louie para Donna, ao abrir a porta do seu quarto dentro do seu apartamento, "é o meu quarto."

Donna sorriu timidamente... e entrou no quarto, puxando Louie atrás dela.

"ENTÃO... É PARA SER esta noite... ou não?"

"Nenhum sinal ainda, senhor."

"Minha paciência é limitada."

"Eu entendo, senhor, mas está além do meu controle. Eu avisarei quando acontecer."

"Muito bem. Mas rapidamente, *amigo*. Eu não posso jogar esse jogo para sempre."

Capítulo 4

Eram 20:45.

"Estamos tão atrasados!", disse Misty.

Joey apenas sorriu.

Misty viu o sorriso e deu um tapa no braço de Joey. "Seu bobo. Você tinha que começar, não é? Você sabe como eu odeio me atrasar!"

"Não estamos atrasados, a menos que o chefe diga que estamos atrasados", respondeu Joey. "E o chefe diz... não estamos atrasados." Ele entrou no estacionamento do *Wham* e estacionou o carro.

Misty riu. "E Ray Pruett?"

"Ele pode superar isso", disse Joey. "Ou ele pode contratar Jim Dandy." Jim Dandy era o proprietário de uma empresa de segurança competidora e ex-colega de faculdade. Ele tinha o hábito de aparecer a tempo de fazer Joey parecer um amador. "Pronta?"

"Vamos", respondeu Misty, saindo do carro. Quando ela levantou, virou-se para pegar a bolsa no assento. Seu rádio caiu no banco, mas ela não percebeu.

Eles se encaminharam para a entrada da frente. Ao se aproximarem, os dois notaram que a fila de gente esperando para entrar na boate estava contornando o prédio.

Adotando sua melhor imitação de Cary Grant, Joey disse, "Olha, querida - deve ser terrível ser uma dessas pessoazinhas!"

Misty entrou no jogo, imitando a caminhada e a fala de Audrey Hepburn, respondeu, "Sim, querido, certamente é. O que faremos em Hampton neste verão?"

O casal começou a rir e caminhar em direção à porta da frente, de mãos dadas... o exemplo perfeito de um jovem casal completamente apaixonado um pelo outro.

Chegaram à corda de veludo, e o segurança musculoso com o fone de ouvido os deteve. "Estamos bem cheios esta noite, pessoal... parece que a espera vai demorar um pouco."

"Somos esperados."

"Sim, eu já ouvi isso antes." O segurança retirou sua prancheta. "Nome?"

"Joey Justo", disse Joey em voz baixa. "Misty e eu estamos na escala de segurança."

"Desculpe, senhor Justo", disse o segurança. "Eu deveria ter reconhecido vocês. Entrem." Ele soltou a corda de veludo e a manteve aberta. Muitas vaias e gritos furiosos de "Ei!" vieram da fila atrás deles.

O segundo musculoso abriu a porta da frente para o casal e, quando entraram, o homem com a prancheta e o fone de ouvido falou ao microfone.

"Eles estão aqui, senhor. Os dois acabaram de entrar." Ele fez uma pausa, escutando. "Sim senhor. Aguardando." Ele acenou para o outro homem. Quando este chegou perto, o primeiro disse, "Esteja pronto... Pruett disse que a merda está prestes a acontecer."

NA ENTRADA, JOEY FEZ uma pausa para cumprimentar as garotas do balcão, e perguntou a Misty se ela queria verificar sua bolsa, sabendo que sua arma não estava nela. Misty recusou, e eles caminharam para o posto da segurança.

Crowe estava sozinho. Tony ainda estava circulando dentro do clube.

"Boa noite, senhor... senhora. Como estão esta noite?" cumprimentou Crowe.

"Estamos bem, Jim. Como foi até agora?" respondeu Joey.

"Muito tranquilo até agora, senhor Justo."

"Jim, qual é a palavra de pânico?"

Crowe olhou em volta para ter certeza de que eles não seriam ouvidos. "Chave inglesa, senhor."

Joey assentiu. "Bom."

Misty estava olhando dentro de sua bolsa. "Ah, droga!"

"O que há de errado, querida?", perguntou Joey.

"Meu rádio... não está aqui. Deve ter caído no carro."

"Ficarei feliz em ir buscá-lo, senhora," disse Crowe.

Joey sorriu. "Não desta vez, Jim - você está de plantão aqui. Nós estamos à paisana." Para Misty ele disse, "Quer que eu vá?"

Misty sorriu para ele. "Sou uma menina crescidinha, Joey... eu vou. Volto logo."

"Ok", respondeu Joey. "Ei, se você não se importa, eu vou na frente procurar por Tony. Gostaria de ter uma palavrinha com ele."

Misty se virou para voltar ao carro. "Vá em frente - eu encontro você." Ela se dirigiu para a porta.

"Bem, Jim, é hora de ganhar nosso dinheiro. Se eu me desencontrar de Tony, por favor, diga a ele para esperar aqui. Preciso falar com ele."

"Sim senhor."

Joey subiu os cinco degraus e desapareceu no clube.

"ESTÁ CONFIRMADO, SENHOR. Eles estão aqui."

"Ah, assim está bom, Pruett. Pode começar."

MISTY NOTOU QUE OS dois homens musculosos não estavam à vista enquanto atravessava o estacionamento até o carro estacionado. Perguntou-se por que teriam abandonado o seu posto... eles eram supostamente os primeiros na linha de defesa na porta da frente. Bem, que fosse - eles não eram funcionários da empresa *dela*. Jim Crowe teria que cobrir aquele posto também.

Ela foi até o carro, inseriu a chave e abriu a porta do passageiro. Lá estava seu rádio, em cima do banco.

Antes que ela tivesse a chance de recuperar seu rádio, duas vans indefinidas pararam na frente do clube, e outra van parou na entrada dos funcionários. As portas das vans se abriram e pelo menos vinte homens, todos carregando o que pareciam metralhadoras Uzi, correram para a frente do clube. Dez ou mais, também bem armados, atravessaram a entrada dos empregados.

"Eu não acredito nisso", Misty disse para si mesma. Ela enfiou a mão no carro, pegou o rádio e apertou a tecla 'transmitir'. "Mark! É Misty! *Chave inglesa! Chave inglesa!*" Ela viu enquanto transmitia a mensagem o que pareciam ser folhas de aço caindo rapidamente sobre a porta da frente, e sobre as janelas do segundo andar. Ela começou a correr em direção à entrada dos funcionários, ainda gritando no rádio. "Acabei de ver cerca de trinta homens fortemente armados entrarem no clube, e agora chapas de aço estão baixando sobre as entradas da frente!" Ela parou antes de chegar à entrada de serviço. Uma chapa de aço também estava sendo baixada ali da mesma maneira. "Investigue isso, Mark! Chapas de aço baixaram em *todas* as entradas! Cada janela, cada porta está coberta por chapas de aço! Envie todos os parceiros para *Wham*! Ligue para Marcus Moore e coloque o FBI nisso! Você ouviu, Mark?" Ela soltou a tecla 'transmitir' e imediatamente ouviu um chiado alto e estridente. "*Droga*! Eles estão bloqueando o sinal do rádio!" Ela não tinha ideia de quanto do que ela disse fora ouvido!

Os bastardos estão com meu homem lá... eles não têm ideia do que fizeram!

Misty escavou a bolsa procurando o celular. Quando ela o pegou, não havia serviço, e a tela estava oscilando. *Oh, Deus, uma folga por favor? O que esses bastardos não estão bloqueando?*

Ela começou a correr tentando encontrar uma loja de conveniência aberta... ou até mesmo um telefone público.

Eram 21:00.

NA JUSTO SEGURANÇA, Mark Haase ouvira parte da transmissão.

O seu rádio estava na mesa de recepção da entrada. Ele tinha acabado de se levantar, o prato de plástico na mão, prestes a andar até o microondas.

"Mark! Aqui é Misty! *Chave Inglesa! Chave ing -*" E o rádio começou um chiado estridente.

Mark, que não esperava problemas, derrubou a comida. Sentou-se na cadeira, pegou o rádio e apertou a tecla 'transmitir'.

"Misty, por favor repita sua transmissão."

Bbrrzzzzzzzzzz...!!!

Mark desligou o rádio, pegou o telefone e ligou para o celular de Misty.

"Telefone desligado ou for a de área. Por favor, tente mais tarde."

Mark desligou o telefone e sentou-se por um momento, pensando... no entanto, ele realmente não tinha escolha. Esticou o braço e apertou o único botão em seu painel que nunca tinha visto apertado em seus cinco anos de trabalho - o botão que alguém de brincadeira havia rotulado 'Pânico'.

A SIRENE TOCOU ALTO. Jessica saltou do sofá onde assistia seu filme de terror, com o coração batendo disparado. Assumiu uma postura defensiva e virou-se para a porta da frente quando a voz no alto-falante começou a transmitir.

"ISTO NÃO É UMA SIMULAÇÃO! ISTO NÃO É UMA SIMULAÇÃO! O ALERTA PARA TODOS FOI ATIVADO NA RECEPÇÃO! TODOS OS FUNCIONÁRIOS DENTRO DO PRÉDIO ASSUMAM SUAS POSIÇÕES DE DEFESA! TODOS OS PARCEIROS DENTRO DO PRÉDIO VENHAM À RECEPÇÃO! ISTO NÃO É UMA SIMULAÇÃO! ASSUMAM SUAS POSIÇÕES E AGUARDEM ORDENS!"

Os olhos de Jessica se arregalaram. Ela sabia sobre o botão de 'pânico', é claro, mas nunca tinha ouvido... e também não esperava ouvir.

Mas ela sabia uma coisa: para que o alerta fosse emitido, a casa tinha caído!

Ela rapidamente vestiu um jeans e pegou sua arma. Enquanto puxava o jeans para cima, sua mente girava.

Elevador ou escadas? O que será que aconteceu? Nós fomos invadidos? Jesus, espero que ninguém se machuque - desde que Louie levou um tiro no braço há pouco tempo, e Charlie levou um tiro na perna, e aquela doce Jennie Lou morreu, eu acho que não poderia aguentar outra morte na família. Elevador ou escadas? Hmmm... Acho que as escadas serão a melhor escolha neste momento.

Jessica abriu a porta, olhou para os dois lados e saiu no corredor. Fechou a porta do apartamento e certificou-se de que estava trancada. Então foi cuidadosamente até às escadas.

"NÃO DISCUTA COMIGO, Donna! Isso é sério! Você *fica* aqui e mantém a porta trancada, está me ouvindo?", perguntou Louie com força. "Até eu saber o que está acontecendo, eu quero você em *segurança*!"

Donna, sentada na cama de Louie, puxou as cobertas até o queixo. Seus olhos estavam arregalados, mas ela assentiu. "Ok, Louie. Por favor, seja cuidadoso."

Louie olhou para ela e sua expressão aliviou um pouco. "É só assim que eu sei ser, querida." Ele armou sua semi-automática e se dirigiu à porta do apartamento.

"VAMOS, MEGAN! VAMOS! disse Dexter. Ele vestira uma camiseta e uma calça de moletom e pegara uma espada e algumas estrelas de arremesso. Estava ao lado da porta da frente do apartamento deles, pronto para ir.

"Estou indo, Dex", disse Megan. Ela entrou na sala de estar, vestida de bermuda jeans e uma camiseta curta, carregando um fuzil semiautomático em uma mão e uma metralhadora Uzi na outra. Por cima do ombro, ela carregava um pequeno pacote contendo carregadores de munição para as duas armas, junto com outras surpresinhas. Uma bandana dobrada estava amarrada na testa para afastar o cabelo do rosto. "Ok, querido, eu estou pronta." Então ela sorriu.

Dexter sacudiu a cabeça e começou a abrir a porta.

"Oh, *por favor*", disse Megan, que chutou e escancarou a porta, e caminhou decididamente para fora do apartamento. Seguiu pelo corredor até o elevador, que abriu imediatamente. Ela entrou e olhou para o marido. "Está vindo, querido?"

Balançando a cabeça para sua esposa destemida, Dexter entrou no elevador. "Megan, você poderia pelo menos *fingir* que o perigo está bem do lado de fora da nossa porta."

As portas do elevador se fecharam.

NO SAGUÃO, CERCA DE 30 a 35 funcionários circulavam pela recepção. Havia membros da equipe de apoio, como funcionários da cafeteria, soldados uniformizados e algumas pessoas à paisana. O Dr. Caleb Mitchell, psiquiatra da equipe, que trabalhava até tarde em alguns arquivos de casos na área médica, também estava lá. Todos estavam armados e prontos para defender o prédio conforme necessário.

Mark explicava ao Dr. Mitchell o que estava acontecendo, quando os sócios apareceram no saguão. Eles viram todo mundo ao redor da mesa de Mark e caminharam em direção a ele.

"Ei!", gritou Louie. Imediatamente o salão ficou em silêncio. "O que está acontecendo, Mark?"

"Uau", disse Mark. "Estou feliz em ver *vocês*!" Ele respirou fundo. "Misty usou a palavra de pânico. Na boate."

"Então, você confirmou?", perguntou Dexter.

"Não, senhor", respondeu Mark. "Isso é o que sai do rádio em sua frequência." Ele aumentou o volume para que todos pudessem ouvir o chiado. Desligou depois de alguns segundos. "Eu então tentei ligar para ela no celular. Nenhum serviço."

"No meio da maldita *cidade*?", perguntou Louie. "De jeito nenhum."

"Recebi a mesma coisa do celular de Joey, senhor", disse Mark. "Eu tentei logo depois que apertei o botão de pânico."

Todos os parceiros pensaram por um momento.

"E nenhum dos dois funcionou desde então?", perguntou Jessica.

"Não, senhora," respondeu Mark. Também tentei os rádios de Tony, Crowe, King e Ferguson. Todos eles têm o mesmo chiado nessa frequência."

"O que vocês acham, pessoal?", perguntou Dexter.

"Bem, algo está errado, obviamente", disse Megan. "Mas a questão é, *o que* está errado? Como nós responderemos? Com luzes, sirenes e armas carregadas, ou silenciosa e furtivamente?"

"Você está certa, Megan", disse Louie. "Mas foi a palavra de pânico. Todos nós concordamos que iríamos correndo quando ouv;issemos." Para a multidão reunida ao redor da mesa, ele disse, "Escutem, pessoal! Aqui está o que vamos fazer..."

O telefone na mesa de Mark tocou. Todo mundo olhou para ele.

Mark atendeu. "Justo Segurança, Mark Ha..."

"Mark, é Misty. Você recebeu minha transmissão?"

"Eu ouvi a palavra de pânico, mas isso foi o suficiente, Misty." Louie estava gesticulando para Mark para entregar-lhe o telefone. "Espere, Misty, Louie quer falar com você." Ele entregou o telefone para Louie, que tinha ido para trás da mesa circular.

"Misty, baby, o que Joey fez agora?"

"Nada disso, Percy. Veja o que aconteceu..."

Louie a interrompeu. "Espere um minuto, quero colocar você no viva-voz. Todo mundo no prédio está bem aqui. Pode economizar tempo." Ele apertou o botão que colocou a chamada nos alto-falantes escondidos sob a mesa.

"Ok, Misty, fale," disse Louie.

"Aqui está o que aconteceu... ", ela disse, depois contou a história. "... e alguma coisa está bloqueando todos os sinais vários quarteirões ao redor do clube!"

"Você está no local, baby", disse Louie. "O que quer que façamos?"

"Aqui vai a lista", ela respondeu. "É melhor anotar."

Mark pegou caneta e papel.

"Pronto, Misty."

"Primeiro, chame todos os soldados e os à paisana que temos e envie-os para mim no *Wham*. Em segundo lugar, ligue para Marcus Moore. Diga a ele o que aconteceu e peça a ele que me encontre no clube também. Em terceiro lugar, preciso de Megan."

"Estou aqui, Misty."

"Ótimo! Lembra daquela lista de suprimentos sobre os quais falamos há algumas semanas? Quando fantasiamos sobre derrubar outro prédio, como fizemos no prédio do Giambini?"

"Claro que eu lembro!"

"Junte tudo e traga com você. Louie, você também pode ligar para o Dr. Bishop e Caleb. Não sabemos o que está acontecendo dentro desse clube e pode haver pessoas feridas. Caleb pode fornecer primeiros socorros se o Dr. Bishop estiver ocupado."

"Aqui é Caleb, Misty. Eu cuido disso pra você e nos vemos em alguns minutos."

"E acho que precisamos de um parceiro na base aí no prédio. Jessica, você se importa?"

"Fico feliz, querida. E não se preocupe, vamos tirar o Joey de lá!"

"Oh, Jessica, eu não sei o que vou fazer se não fizermos isso!"

Eram 21:20.

Misty desligou o telefone e começou a correr de volta para o clube. *Já fazia vinte minutos... o que está acontecendo dentro desse clube?*

Capítulo 5

Jim Crowe estava deitado na parte acima do fosso de dança geralmente reservado para o DJ, ou banda ao vivo, se tivesse uma. Sua perna estava sangrando abaixo do joelho, mas não tanto quanto antes. Crowe não sabia se diminuíra porque estava ficando sem sangue ou se começara a finalmente coagular. Sua perna fora quebrada pelo impacto da bala, no entanto, e a dor era excruciante quando ele a movia.

Ray Pruett estava de pé ao lado dele, trabalhando com o equipamento deixado no lugar pelo DJ, que agora estava morto debaixo da mesa dos toca-discos.

Crowe não tinha ideia de onde os outros estavam. Eles haviam desaparecido como fiapos de fumaça de um fogo distante. Ele não questionara isso, no entanto. Fazia sentido para ele. Um verso da infância passou por sua mente: *Fuja, fuja e viva para lutar outro dia.* Ele não tinha dúvidas de que todo o resto do pessoal de segurança designado para o clube hoje à noite provavelmente ainda estaria naquela sala com ele, e todos provavelmente poderiam ver o que estava acontecendo agora.

Eles estavam se escondendo, aguardando oportunidades.

Não havia muita coisa acontecendo agora.

Houvera uma grande onda de atividade às nove horas, quando os caras armados chegaram e imediatamente atiraram em Jim na perna. Jim estava, naturalmente, um pouco confuso sobre os detalhes depois que isso acontecera. Ele sabia que um dos homens morenos tinha tirado a arma do coldre. E ele sabia que seu rádio também não funcionava... algo estava interferindo no sinal. Ele descobriu que alguns dos tiros e sons de gritos que ouvira mais cedo eram os homens tomando conta da pista de dança.

Quando as coisas se acalmaram um pouco, um dos homens voltou e o arrastou para mais perto do fosso, e então o deixou cair. Jim imaginou que eles queriam ficar de olho nele. Ele viu várias pessoas reunidas ali embaixo. Deduziu que eram as pessoas das salas privadas.

Um estava falando bastante alto.

"Eu sou o maldito *prefeito* desta cidade! Você *vai* tirar suas mãos de mim!"

Houve o som de um baque, um leve grito da dama com o homem que falava, e o homem de repente não conseguia andar muito bem. Um dos pistoleiros batera no rosto dele com o cabo da arma.

Crowe também viu Miriam Apple quando ela foi levada para o fosso.

Na pista, a música parou, mas o DJ ainda estava trás do equipamento.

Ray Pruett veio para a pista. Ele atirou em Icy Hot na cabeça.

Jim ficou chocado. Ele poderia ter ouvido um alfinete cair... de tão silencioso.

Pruett ligou o interruptor do microfone.

"Por favor, mantenham a calma", disse ele à multidão. "Eu não quero matar nenhum de vocês. Correção: *mais* nenhum de vocês." Ele riu para si mesmo então, uma risada louca e desconfortável... como se estivesse mentindo, soubesse disso, e soubesse que sabiam disso, e não se importava. "Além disso, por favor, fiquem quietos... Eu tenho que configurar algo aqui, para que todos vocês possam ouvir... não vai demorar nem um minuto." Ele começou a trabalhar em algo que ninguém podia ver. "Ah, e um de vocês, cavalheiros, por favor, traga *isso*..." e ele apontou para Jim Crowe, "... aqui para mim? Obrigado."

Um dos homens arrastou Crowe para a pista e o deixou perto do corpo de Icy Hot.

Pruett ainda estava ajustando o equipamento, depois ficou parado em pé. "Consegui. Você pode me ouvir, senhor?" Ele disse no microfone do DJ.

"Posso", disse uma voz do outro lado... através do sistema de som.

"Tudo bem", disse Pruett. "Senhoras e senhores, meu nome é Ray Pruett. Eu sou o gerente deste estabelecimento."

NO MEIO DA MULTIDÃO, Miriam cutucou Steve, que mantinha sua câmera digital do tamanho da palma da mão escondida no bolso da calça... até agora. Steve já estava filmando. Ele piscou para Miriam, que assentiu e voltou sua atenção para Pruett.

"Eu gostaria de apresentar todos vocês ao dono do *Wham*... mesmo que seja por telefone", continuou ele. "Senhor, você está online."

DE SEU LUGAR NA MULTIDÃO, escondendo seu rosto e sua arma, Joey estava ouvindo atentamente.

"Permitam-me apresentar-me", disse a voz. O sangue de Joey gelou.

Oh Deus! Eu conheço essa voz!

"Na verdade eu sou o dono deste clube", continuou a voz fria e sem emoção. "Eu gastei muito dinheiro neste clube por apenas uma noite."

Joey estava prendendo a respiração e nem percebia.

"Só por essa única oportunidade de pegar meus inimigos, Joey Justo e Misty Wilhite. Vejam, *señores* e *señoritas*, eu sou Esteban Fernandez e vou matar o *señor* Justo esta noite."

Eu estou numa merda séria! pensou Joey.

MIRIAM OLHOU PARA STEVE e sussurrou, "Ah, não... de novo não..."

OS PENSAMENTOS DO VICE-prefeito Morris McIllwain seguiam a mesma linha, mas eram bem mais explícitos. Ele olhou para o prefeito e seus pensamentos definitivamente *não* eram simpáticos.

Seu babaca feliz, você nos colocou nisso! Se tivesse reprimido o crime antes, e ajudado Joey Justo, em vez de ouvir a porcaria do comissário de polícia, talvez não estivéssemos aqui!

O prefeito Gould, ainda atordoado pelo golpe, balançava a cabeça e resmungava. Sua esposa troféu tinha os braços ao redor dele, e gentilmente o sacudia a cada poucos segundos, tentando reanimá-lo.

Como se ele fosse de alguma ajuda. McIllwain olhava ao redor da sala, tentando sem sucesso localizar Joey Justo. *Se alguém puder nos salvar dessa bagunça, é Justo.*

QUANDO OS ATIRADORES invadiram o recinto, Patty viu imediatamente que estavam em desvantagem. Ela mergulhou no meio da multidão e agradeceu a sua estrela da sorte por ter decidido usar tudo quando se vestiu para a tarefa de hoje à noite. Ela tirou a camisa do uniforme. Por baixo, usava seu melhor vestido – o que tinha as tiras de espaguete. E, por via das dúvidas, usava um short combinando sob sua calça do uniforme... que também havia tirado e descartado.

Sua arma estava em seu esconderijo... Misty havia lhe ensinado algumas coisas, como onde esconder sua arma... e seu rádio.

Agora, escondendo-se na multidão, ela se misturou. Isso lhe deu um pouco de liberdade.

Patty nunca ouvira a voz de Fernandez, mas a arrepiou até os ossos. Ela inconscientemente procurou por Joey enquanto ouvia o líder do cartel de drogas falar. Esperava que ele tivesse bem escondido, e esperava que ele ficasse lá. Deixasse que ela e Brandon cuidem disso... com a ajuda de Tony, é claro.

"EU, CLARO, NÃO QUERO machucar nenhum de vocês", continuou Fernandez. "Só quero esses dois trazidos para o meu gerente. Quando isso for feito, abriremos as portas novamente, meus homens irão embora e vocês estarão livres."

MUITAS DAS PESSOAS na multidão sabiam que Fernandez estava mentindo. Eles se lembravam de como esse criminoso perigoso estivera disposto a matar 30 mil pessoas no centro de convenções da cidade, só para matar os sócios da Justo Segurança. Eles se lembravam de que Joey Justo, junto com Jim Dandy, havia evitado essa catástrofe por alguns segundos. Então, eles sabiam que ele provavelmente estava mentindo, e que não teria escrúpulos em matar todos eles.

Outros na multidão não sabiam nada sobre aquele incidente. Eles tinham apenas impressões vagas de que Esteban Fernandez não era um cara legal... talvez alguma coisa que tivessem ouvido do vizinho, ou alguém no ônibus ou na fila do supermercado. Essas pessoas não estavam cientes do perigo representado pelo louco líder mexicano do cartel de drogas. Mas eles conheciam Joey Justo e sabiam que ele era um cara sério. Então, em suas mentes, o que quer que esse homem quisesse com Joey, deveria ser algo ser ruim.

Apenas um punhado de pessoas não conhecia nenhum deles. Então, estavam indiferentes ao que estava acontecendo, desde que isso não os afetasse.

Algumas pessoas próximas a Joey o reconheceram. Ao cutucar e olhar um para o outro em silêncio, finalmente de seis a sete pessoas se moveram, não como um grupo, mas de um em um, ao redor de Joey, principalmente bloqueando-o de vista. Uma garota foi para o lado dele. Ela gentilmente passou o dedo sobre a mão dele para chamar sua atenção. Quando Joey moveu os olhos para olhá-la, ela apontou para o chão com o mesmo dedo com que ela tocara a mão dele. Depois de alguns momentos, ele captou a ideia e se agachou. O grupo imediatamente se aproximou, dando a ele a oportunidade de rastejar para longe sem ser notado. Joey, no entanto, não se moveu logo.

Fez um inventário do que ele tinha com ele... um pequeno spray de pimenta, um par de facas - uma amarrada na perna, uma na bainha entre as omoplatas - e duas pistolas. Sua Glock estava sob o casaco esportivo, atrás do cinto na parte inferior das costas. A outra arma era uma Raven de calibre 25 da Phoenix Arms, num coldre de tornozelo. Ele também tinha uma tira de couro de 15 centímetros bem afiada.

Nenhum explosivo. Joey se arrependeu um pouco, mas imaginou que era provavelmente o melhor, dada sua história acidental com coisas que explodem.

Agora, onde ele poderia ir?

Ele estava no fosso com todas as outras pessoas do clube. Não poderia passar despercebido sem ser visto, então sair dali estava fora de questão.

Não havia mesas para se esconder embaixo.

Joey estava desesperado. Ele *tinha* que encontrar um lugar para se esconder! Precisava pensar por apenas alguns minutos... para tentar encontrar uma maneira de salvar aquelas pessoas de Fernandez, porque ele sabia que nada era o que parecia ser quando se lidava com aquele bastardo louco...

Espera! Joey teve uma idéia de um lugar para se esconder... bem ali na pista de dança! Seria muuuuuito óbvio, mas pareceu muuuuuito certo!

Ele começou a rastejar para o único lugar que estava aberto para ele se esconder...

Brandon também tinha tirado imediatamente a camisa do uniforme quando os atiradores entraram. Ele também soltou a maior parte dos apetrechos de segurança do cinto e as deslizou pelo chão. Sua Glock entrou no bolso da calça da frente... o coldre foi descartado. Soltou sua regata azul para fora da cintura. Puxou a corrente de ouro de dentro da camisa e deixou o pingente que Chris lhe dera pendurado no centro do peito. Agora poderia se passar por um dos fregueses.

Ele podia ver Crowe, sangrando e parecendo patético... mas, de alguma forma... ele também parecia... *nobre*? Jim *Crowe*?

Ele estava quieto, esperando que Fernandez continuasse falando... e temendo também.

"ENTÃO, *señores* e *señoritas*, aqui estamos: um de vocês vai dizer aos meus homens onde encontrar Joey Justo e Misty Wilhite?" continuou Fernandez.

Silêncio da multidão.

"Algum de vocês pode me fornecer a localização de qualquer um dos funcionários da Justo Segurança no prédio esta noite? Não este que está deitado ao lado do meu gerente, é claro? *Por favor*?"

Mais silêncio da multidão.

"Muito bem. *Señor* Pruett?"

Pruett ficou atento. "Sim senhor?"

"Você pode continuar com o pedaço de lixo no chão à sua frente", disse Fernandez.

Os olhos de Pruett não apenas se alargaram... eles meio que se vidraram enquanto ele sorria levemente. Sua cabeça virou-se para Crowe. "Obrigado, *señor* Fernandez, você é muito gentil."

Quando Pruett se encaminhava para Crowe, Fernandez falou.

"Isto é para Joey Justo", disse ele, através dos alto-falantes. "O que acontecer a seguir será sua culpa, *señor*. Quando você e a senhorita Wilhite se entregarem aos meus homens, tudo isso vai parar."

Pruett pegou um alicate.

"A última vez que você falou com meu homem Pepino, Justo, você usou um alicate em um de seus testículos." Os olhos de Crowe se arregalaram quando ele ouviu isso. "Eu não posso fazer menos do que o meu adversário."

Sem serem notados por Crowe, quatro dos homens que circulavam no fosso se aproximaram por trás dele. Cada um pegou um de seus membros e segurou firmemente contra o chão. Crowe estremeceu de dor quando sua perna quebrada de bala foi movida. Pruett se aproximou e abriu as calças dele. Então baixou as calças até que a área da virilha de Jim Crowe estava nua e sua masculinidade exposta ao público. Os olhos de Crowe estavam tão arregalados que parecia que ele não tinha pálpebras... e não desviavam do alicate na mão de Pruett. A cabeça de Crowe começou a tremer à esquerda e à direita, lentamente no começo... depois com mais velocidade. Quando o alicate tocou seu escroto, ele não conseguiu mais ficar quieto.

"Não! NÃO!! NÃÃÃOOOOOOOAAAAAAAHHHHH!!!!" o seu choro se transformou em gritos quando o alicate se fechou, destruindo seu testículo direito.

"Onde estão eles?", gritou Fernandez. "Diga-me onde eles estão e a dor vai parar!"

Os gritos de Crowe se transformaram em um gemido baixo. Ele murmurou alguma coisa para Pruett, que sorria. Pruett estava gostando de seu trabalho.

Mas o que Crowe disse fez com que ele perdesse o sorriso.

"O que ele disse, *señor*?", perguntou Fernandez.

Pruett engoliu em seco. "Ele disse que apenas Joey Justo estava dentro do prédio. Misty Wilhite voltou para fora pouco antes do fechamento."

Silêncio veio dos alto-falantes.

Finalmente, uma voz calma e baixa saiu deles. "*Señor*. Você está me dizendo que sua armadilha só pegou... *uma* das minhas moscas?"

Pruett, com os olhos baixos, apenas assentiu.

"Você gostaria de me dizer como vai trazer a *puta* para mim se ela não está *nem no prédio*?" Fernandez começou a falar com calma, mas terminou num berro. "AAAAAAAAAAAAAAHHHH!" veio o grito através dos alto-falantes, junto com o som de móveis e vidro quebrando, até que, finalmente, os ruídos diminuíram. Uma respiração difícil podia ser ouvida... então Fernandez retornou.

"Pruett", disse ele.

Pruett disse, "Sim, senhor".

"Mate aquele *hijo de puta* vestido de marrom. *Mate-o agora*! *Vocês homens, atirem nele ATÉ QUE EU DIGA PARA PARAR! AGORA!*"

Os quatro homens que haviam se movido para a plataforma para segurar os braços e pernas de Crowe apontaram suas metralhadoras para ele e começaram a atirar. Todos os quatro esvaziaram seus pentes e o tiroteio parou. Os gritos e o choro da multidão eram abafados pelo som dos disparos, mas aumentaram de volume quando o tiroteio terminou.

O que restava de Crowe lembrava hambúrguer cru.

Quando o barulho da multidão diminuiu para alguns soluços abafados, Fernandez falou novamente.

"Joey Justo. Eu sei que você pode me ouvir, *señor*", disse. "Você tem uma hora para se render aos meus homens. Você não será machucado... por um preço. Você terá permissão para falar com Misty Wilhite. Vai convencê-la a entrar e se render aos meus homens. Quando ela estiver dentro do clube, vocês serão trazidos para mim e essas pessoas não serão prejudicadas. No entanto... no final desta hora, se você não se render, meus homens executarão uma pessoa a cada quinze minutos, até que você se renda. Nós falaremos novamente no final de uma hora, Justo. Se você tem algum tipo de sentimento em relação às pessoas neste clube, você vai se render."

Eram 10 da noite.

Ninguém na platéia tinha mais esperanças de sair vivo dali.

Capítulo 6

Do lado de fora, uma multidão de bom tamanho havia se reunido em torno do estacionamento do *Wham*. Vários carros particulares e da Justo Segurança cercavam o local. Duas ambulâncias de empresas privadas, agora pagas pela empresa, estavam estacionadas, chamadas por Caleb Mitchell. Dr. Orval (por favor, me chame de Buddy) Bishop estava ao lado de uma, e o Dr. Mitchell, da outra. Na rua, cinco carros da polícia tinham parado. O primeiro carro da polícia parara, o policial encontrou Misty e perguntou o que estava acontecendo. Os outros quatro traziam policiais para apoiar o primeiro. Louie tinha chegado e estava parado ao lado de Misty com os braços cruzados e uma enorme carranca no rosto. Ele estava tentando parecer intimidante para o policial.

Misty tentava, com crescente frustração, explicar ao policial que se tratava de um caso particular, e que se tornaria uma operação federal assim que Marcus Moore chegasse. O policial continuou a argumentar com Misty que ela precisava tirar seu pessoal da área, e que os policiais assumiriam daquele ponto em diante.

Finalmente, Misty disse ao policial, "Ótimo! Se você quiser assumir, assuma! Mas meu pessoal não vai a lugar nenhum. Se está tão convencido de que eu não sei de nada, por que não anda até a porta da frente e pergunta educadamente se eles vão deixar os reféns saírem?"

O policial assentiu. "Esse é o primeiro passo, senhorita Wilhite."

Ela se arrepiou. "É *senhora* Wilhite, oficial. E se você quer algo para se lembrar de mim, apenas diga!"

Louie desdobrou os braços e segurou Misty gentilmente pelos braços. "Não perca a paciência ainda, Misty... esse cara não vale a pena." Para o policial, ele disse: "Senhor, eu não sei onde você aprendeu relações públicas, mas posso ver que não foi promissor. Acabei de te salvar de uma boa lição de civilidade."

O policial olhou de um para o outro. "Vocês estão me ameaçando?"

Louie sorriu. "Não, oficial, eu não estou."

"Mas *eu* estou, valentão", disse Misty. "Meu noivo está dentro daquele prédio, ameaçado por homens armados, e você está jogando comigo!" Com a palavra "noivo", os olhos de Louie se arregalaram e ele olhou para Misty. "Tudo bem, você tem um pau, e eu não. Mas eu garanto que o homem com o pau maior estará aqui em poucos instantes, e você *vai* desejar ter me escutado!"

O policial assentiu. "Agora *chega*, senhora! Você está presa! Obstruindo um policial no desempenho de suas funções, desobedecendo uma ordem, e resistindo à prisão!" Ele tirou as algemas do cinto e disse, "Vamos fazer isso do jeito fácil, ou eu preciso mexer um pouco na sua cara bonita?"

"Que tal uma terceira opção, cara de cú?", disse uma voz atrás do policial. "Eu deixo ela dar um tiro em você!"

O policial virou-se para enfrentar a voz e deu de cara com um distintivo do FBI.

"Oi. Meu nome é Marcus Moore e sou o homem com o pau maior. Você é um bom exemplo de oficial que *não deveria* ter sido designado pra mim pelo seu chefe. Isso significa que você segue minhas ordens *ao pé da letra*." Marcus dobrou a carteira de couro com o distintivo e colocou-a de volta no bolso da jaqueta. "Oi, Misty... Louie. Deixem-me ter mais alguns minutos com este *grande* exemplo dos melhores da cidade, pode ser?" Voltou-se para o policial. "Você tem mais alguma coisa a dizer agora, Oficial Cara de Cú?"

O policial, cujo rosto estava vermelho de raiva, engoliu em seco. "Não, *senhor*. Eu não tenho mais nada a dizer, *senhor*."

"Sim, você tem."

O policial olhou nos olhos de Marcus desafiadoramente. "Ah sim? O que seria, *senhor*?"

"Você vai pedir desculpas a senhora Wilhite."

O policial balançou a cabeça, sem desviar os olhos de Marcus. "Não vai acontecer... *senhor*."

Marcus deu um passo à frente até seu nariz ficar a apenas um centímetro de distância do nariz do policial. Sua voz mal podia ser ouvida. "Você tem certeza disso, amigo? Pense bem... seu trabalho... evitar de ser preso... depende da sua resposta."

"*Preso*? Do que você está falando?" O policial recuou um passo.

Marcus apontou para Misty. "Senhora Wilhite é uma agente devidamente nomeada do Governo Federal, cumprindo seu dever como bem entender. Você está impedindo-a de cumprir esse dever. Eu poderia prendê-lo agora, e você sabe quais seriam as acusações." Ele abaixou o braço. "Então... qual é a sua resposta?"

O policial finalmente engoliu em seco. Ele se virou para Misty. "Eu peço desculpas, senhora Wilhite."

Marcus sorriu. "Obrigado, oficial...?"

"Hollingsworth."

"Tem um primeiro nome, Hollingsworth?"

"Stanley".

"Bom, policial Stanley Hollingsworth. Agora, para mostrar a senhora Wilhite que você realmente sente muito pela sua atitude, você vai trabalhar ao lado dela. Vai fazer qualquer coisa que ela pedir a você para fazer." Ele se moveu novamente para o rosto do policial. "Nós... estamos... entendidos?"

"Sim senhor."

Marcus se afastou do rosto do policial e se virou para Misty. "Temos relatos de que o prefeito e o vice-prefeito também estão lá dentro."

"Oh, isso é ótimo", ela respondeu.

"O prefeito Gould não é um grande fã da Justo Segurança", disse Louie. "Marcus, você lembra daquele caso em que seu amigo trabalhou? Aquele com os garotos seqüestrados e os policiais corruptos?" Ele olhou para Hollingsworth.

"Claro que sim," disse Marcus, enquanto pensava, *aquele em que Madeline se tornou conhecida... como eu poderia esquecer esse?*

"Ouvimos rumores", acrescentou Misty. "Não pudemos confirmá-los, mas diziam que o chefe de polícia e o vice-prefeito estavam limpos, mas que o prefeito aceitava qualquer 'contribuição' que aparecesse."

Marcus assentiu. "Ouvimos isso também... mas não pudemos confirmar. Não com alguma prova para acusá-lo, pelo menos."

"Eu preciso saber quem está por trás disso", disse Misty. "Então, poderei decidir o que precisamos fazer para acabar isso." Ela olhou para Marcus. "O caso é meu, Marcus?"

Marcus assentiu novamente. "É, Misty. Vou te apoiar com toda a autoridade do governo dos Estados Unidos, mas o caso e suas decisões são todos seus." Ele deu um olhar de soslaio para Hollingsworth. "Espero que todos os envolvidos entendam isso."

Então Dexter e Megan chegaram até eles. "Desculpe termos demorado tanto tempo. Megan tinha um monte de coisas para montar no arsenal."

Para Misty, Megan disse, "Usamos quase toda a traseira de uma das minivans para trazer o que conversamos".

Misty assentiu. "Eu imaginei. Teremos alguns fogos de artifício hoje à noite." Ela disse a Dexter, "Você pode reunir nossos funcionários? Além disso, qualquer policial que esteja por perto também. Precisamos tentar algumas coisas."

"Claro que sim", disse Dexter. Ele saiu.

"Ah, e uma última coisa", disse Misty, enquanto se virava para encarar Louie. Sua mão estendida bateu em Hollingsworth na têmpora direita. Ele caiu no chão pesadamente e não se mexeu. Estava inconsciente.

Tudo *pareceu* ser um acidente. Marcus riu por trás da mão e Louie riu alto. O sorriso de Megan era tão largo quanto uma abóbora de halloween.

"Oops", disse Misty.

SEGURO EM SEU ESCONDERIJO no momento, Joey enxugou uma lágrima frustrada de seus olhos. Ele estava chorando a morte de Jim Crowe, que morrera tão indignamente nas mãos do inimigo mortal da Justo Segurança.

Joey havia aberto o rádio e o celular. Tanto quanto ele poderia dizer, ambos estavam em perfeito funcionamento. O sinal era bloqueado de alguma forma, o que lhe dizia que este plano estava em vigor há algum tempo, talvez desde a última vez que encontraram Fernandez durante o combate de boxe do Campeonato.

Nos alto-falantes, Fernandez falou. "Pruett. Nós precisamos conversar. Por favor, tire-me dos alto-falantes."

Joey não podia vê-lo, mas supôs que Pruett correu para fazer o que seu chefe lhe dissera, porque não ouviu mais Fernandez. Ele podia ouvir Pruett falar ocasionalmente, mas era muito baixo para entender o que estava dizendo.

Tenho que pensar! Como posso tirar essas pessoas daqui sem matá-las? E onde no mundo está o meu pessoal? Graças a Deus Misty saiu!

A LINDA LOIRA COM AS leves sardas no nariz se aproximou por trás de Brandon devagar e com cautela. A atenção de Brandon estava concentrada em Pruett, por isso ele não a notou. Quando ela estava ao alcance do seu braço, tocou a parte baixa das costas dele. Do jeito que ele pulou, ela sabia que o assustara. Ela agarrou o braço dele enquanto ele girava e colocou seu dedo nos lábios.

"Patty!" disse Brandon, sussurrando entre os dentes. "Você me assustou!"

"Shh!" Patty respondeu, sussurrando. Ela colocou uma mão sobre o ouvido de Brandon enquanto sussurrava para ele. "Eu sei onde Joey está se escondendo. Eu o vi ir pra lá."

Brandon sussurrou de volta. "Onde?"

Patty sussurrou o esconderijo de Joey no ouvido de Brandon. Seus olhos se arregalaram quando ela lhe disse.

"Voce deve estar brincando!"

Patty sacudiu a cabeça.

"Incrível! Eu nunca teria pensado nisso!"

"Eu também não", disse Patty.

"Você sabe para onde Tony foi?" sussurrou Brandon.

Patty assentiu.

"Onde?"

Ela sorriu para seu melhor amigo. "Olhe ao redor, Brandon. Olhe detidamente e *observe*. Ele está à vista de todos. Você vai vê-lo."

Brandon olhou para ela com ironia, depois começou a olhar ao redor do recinto. Ele se concentrou no que chamava de "modo de observação". Quando sua mente estava focada nesse modo, ele percebia quase tudo. Enquanto estudava cada rosto na multidão, sua mente registrava tudo o que seus olhos viam. Depois de alguns minutos, ele teve certeza de que não havia visto Tony.

Ele balançou a cabeça enquanto sussurrava para Patty, "Ele não está à vista em nenhum lugar da multidão."

Patty sorriu. "Na multidão. Olhe algo mais."

Brandon começou a escanear o ambiente e, indiretamente, seus captores. Quando sua cabeça passeava pelo salão, parou... depois voltou para um ponto específico.

O guarda em frente a ele usava óculos de sol e um boné de beisebol, como muitos dos outros guardas, e segurava sua metralhadora facilmente em suas mãos. Quando Brandon notou o homem, ele estendeu a mão, baixou um pouco os óculos escuros e piscou para Brandon.

O guarda era Tony Armstrong.

"Macacos me mordam!" sussurrou Brandon com admiração. Enquanto piscava de volta, estava pensando furiosamente. "Patty"

"Hmmm?"

"Tony está sozinho lá em cima... ele não pode fazer muito."

Patty assentiu. "Eu sei... não sem ser morto."

"Ele precisa de um de nós lá em cima com ele."

"Como?"

"Estou pensando... e tenho uma ideia!" Ele se aproximou e começou a sussurrar em seu ouvido.

"Isso pode funcionar, Brandon! Nós temos que tentar, de qualquer maneira!"

"OK, PESSOAL, ESCUTEM!", gritou Misty acima dos murmúrios da multidão ao seu redor. "Primeira de tudo: *temos* que recuperar nossa comunicação. Isso significa que precisamos descobrir o que está interferindo e neutralizar. Dexter, você pode colocar seu pessoal nisso? Coordene com Marcus, por favor. Talvez o FBI tenha algum equipamento que nós não temos."

"Estamos nisso, Misty", respondeu Dexter. Ele gesticulou para várias pessoas ao seu redor, e elas se afastaram da multidão. Marcus acenou para Misty e se moveu para se juntar a eles.

"Em seguida, eu realmente preciso de alguém para subir em uma das entradas e dar uma boa olhada nessas portas. Precisamos saber com o que estamos lidando e quão difícil seria passar. Talvez haja algum tipo de bloqueio que possamos tentar superar. Idéias?"

Louie acenou para Misty. "Eu posso fazer isso. Vou pegar os quatro policiais que estão acordados. Vamos dar uma olhada." Louie viu Charlie Li do outro lado da multidão. "Charlie! Ei! Venha comigo, cara!" O grupo de Louie foi em direção à entrada.

Um homem careca, com uma leve barriga, dirigiu-se para Misty.

"Senhora Wilhite!" disse o homem. "Posso falar com você um momento?"

"Estou muito ocupada, senhor. Por favor, fale rápido."

O homem assentiu. "Meu nome é Tim Wilson. Eu sou o produtor das notícias do Canal 7."

"Não tenho comentários para a mídia, Sr. Wilson. Eu não saberia *sobre* o que falar."

Wilson sacudiu a cabeça. "Eu não estou aqui para isso. Eu acho... não, eu tenho *certeza* que Miriam Apple e seu cameraman, Steve, também estão lá dentro". Ele respirou fundo. "E é *minha* culpa eles estarem lá. Eu quero tirá-los. O que posso fazer para ajudar?"

Misty olhou para os olhos do homem. "Você está falando sério?"

Wilson assentiu. "Estou. Todo o departamento de notícias está disponível para ajudá-la, se você precisar."

Ela sorriu e balançou a cabeça em descrença. "Uau." Ela apontou para a direção aonde o grupo de Dexter se movia. "Você conhece Dexter Beck?" O homem assentiu. "Seu grupo está naquela direção. Eles irão se concentrar em quebrar essa interferência que está acontecendo. Você pode ajudá-los?"

Wilson passou a mão pela cabeça. "Indo agora, senhora Wilhite. Obrigado." Ele começou a correr em direção a Dexter.

"Uau", disse Misty novamente, em descrença.

Erguendo a voz para a multidão, ela gritou mais instruções. "Eu preciso dos meus soldados para assumir o controle da multidão, por favor. Movimentem-se pelo estacionamento, e qualquer um que não seja da Justo Segurança, polícia, FBI ou o pessoal médico e de emergência precisa estar a pelo menos quinze metros de distância do prédio... civis, por favor, cooperem com o pessoal uniformizado e de emergência..."

LOUIE E SEU GRUPO HAVIAM se dirigido para a entrada principal do clube. Eles pararam a poucos metros da porta de aço. Louie cruzou os braços e começou a esfregar o queixo enquanto estudava a configuração.

"Sr. Washington", disse um dos policiais mais jovens.

"Hum-hmm", respondeu Louie, imerso em pensamentos.

"Eu aposto que a porta não é muito grossa."

Louie baixou os braços e disse, "O que o faz pensar isso?"

"Bem, se fosse muito mais do que meia polegada de espessura, não seria um pouco caro demais para uma boate?"

Louie sacudiu a cabeça. "Eu não quero tomar nada como garantido nesta situação. Meu amigo está lá, junto com muitos VIPs... Não, nós vamos ser cautelosos. Nós nem sabemos quem está por trás disso ainda."

O policial, ansioso para mostrar que *poderia* ser útil, aproximou-se da porta e bateu nela. "Oh, uau", disse ele. "É muito grossa. Alguém gastou algum dinheiro com isso!"

Muitas mudanças construídas naquele edifício foram projetadas especificamente pelo proprietário, neste caso, Esteban Fernandez. Os painéis de aço que haviam fechado o prédio do lado de fora eram apenas parte das mudanças no projeto. A entrada principal, por exemplo, ficava embutida, afastada da parede externa. Isso era para permitir espaço para a colocação de várias pequenas portas ao redor da face da porta da frente. Essas portas eram monitoradas e controladas por câmeras de segurança, computadores e uma série de feixes infravermelhos interligados. Quando os feixes fossem interrompidos por um período de alguns segundos... mais ou menos o tempo que leva para bater e falar uma frase ou duas... o computador acionaria uma resposta automática pré-programada.

Enquanto o jovem policial falava a última frase, as portas ao redor da entrada se abriram, e o que pareciam tubos de metal saíram de seus esconderijos atrás delas.

Os tubos de metal eram canos de armas.

Os tubos começaram a disparar de todos os ângulos ao redor da porta: esquerda, direita, acima e abaixo. O policial estava morto antes de perceber que havia desencadeado uma armadilha, e seus restos pareciam com Jim Crowe dentro do clube... como carne de hambúrguer.

A boca de Louie estava escancarada em choque, e os olhos de Charlie Li pareciam grandes o suficiente para sair de suas órbitas. Os três policiais restantes estavam em vários estágios de choque, e a multidão na frente do prédio ficou em silêncio.

"*Puta que pariu*!" gritou Louie. "Todo mundo fica *longe* de qualquer porta neste prédio *agora*! *VÃO*!" ele disse, enquanto empurrava um policial com uma mão e Charlie Li com a outra.

Misty começou a correr em direção à entrada assim que ouviu os tiros. Ela parou quando estava ao lado de Louie.

"Oh, meu Deus!", disse Misty. Baixinho, ela disse, "Quem tem esse tipo de dinheiro, Louie? Quem faria isso?"

"Eu tenho minhas suspeitas", ele respondeu.

"Eu também", disse ela. "Estou pensando naquele mexicano..."

"Eu também", respondeu Louie. "Mas não é uma salada de taco o que eu estou pensando!"

Dexter e Megan se aproximaram deles.

"Encontramos o sinal de embaralhamento. Foi bastante simples", disse Dexter.

"Nós o neutralizamos", disse Megan.

"Bom", respondeu Misty. "Louie e eu estávamos pensando sobre quem tem dinheiro suficiente para fazer algo assim."

"Oh, eu acho que é Fernandez", disse Dexter.

Misty e Louie olharam para ele.

"O que te faz dizer isso, Dex?" perguntou Louie.

"Isso é fácil", respondeu ele. "A armadilha foi puxada *depois* que tanto Joey quanto Misty entraram no clube. Se Misty não tivesse voltado para o carro, ela estaria dentro, com Joey. Fernández é o único inimigo que temos que tem uma enorme gana por ambos... de formas diferentes, é claro."

"Sim", concordou Megan. "Ele quer *você*, Misty, e ele quer você viva... por um tempo, de qualquer maneira. Joey? Bem, ele quer Joey morto, mas não até que seu espírito seja esmagado. O que quer que ele tenha planejado para você esmagaria o espírito de Joey com facilidade... a tal ponto que ele não se importaria de viver ou morrer. Fernandez então o mataria e desfrutaria."

"Então", disse Dexter. "Tem que ser Fernandez. Ele é o único que tem dinheiro e motivação."

"Fácil de deduzir", disse Louie. "Se a interferência acabou, ligue para Joey em seu rádio."

Misty respirou fundo. "Ok, aqui vai." Ela levantou o rádio. "J-2 para J-1, você escuta?" Ela fez uma pausa, ouvindo uma resposta. "J-2 para J-1, você escuta?"

Todos ouviram intensamente. Finalmente, o rádio de Misty recebeu uma resposta sussurrada. "Shh! Você vai entregá-lo!"

QUASE PERDIDA ENTRE o murmúrio da multidão, a voz de Misty em seu rádio foi registrada por Patty. Ela agarrou o braço de Brandon e fez uma mímica fingindo falar em um rádio. Ele entendeu. Enquanto arregalava os olhos, acenou para ela e moveu-se para bloqueá-la de vista. Ela se agachou e recuperou seu rádio.

O volume era muito baixo, mas ela podia ouvir claramente Misty quando ligou para Joey novamente.

"Shh! Você vai entregá-lo!" ela sussurrou como resposta.

"Patty?"

"Sim, sou eu."

"Como estão todos? Como está Joey?"

"Eu odeio reportar isso, Misty, mas nós temos uma vítima... é Jim Crowe. Eles o deixaram em pedaços."

"Ah não! Patty, *quem* deixou ele em pedaços?"

Patty fez uma pausa. "O pessoal de Esteban Fernandez atirarou nele. Eles queriam descobrir se Jim sabia onde você e Joey estavam se escondendo. Eles o torturaram, e quando descobriram que você estava do lado de fora e que ele não sabia onde Joey estava, Fernandez perdeu a paciência e mandou seus homens atirarem em Crowe com suas Uzis até que os pentes estivessem vazios."

"Então, Fernandez está aí dentro?"

"Não! Ele está falando através do sistema de som, como se estivesse em outro lugar... talvez em um telefone em algum lugar. Pruett definitivamente pertence a Fernandez, no entanto. Pruett foi quem torturou Crowe."

"O que mais você pode me dizer?"

"Há vinte a trinta homens com armas automáticas - as armas são Uzis. Eles estão cercando a pista de dança, e a maioria dos clientes está no fosso. Tony Armstrong se disfarçou como um dos guardas, e Brandon e eu estamos tentando encontrar uma maneira de nos juntarmos a ele. Com três de nós passando por guardas, devemos ser capazes de fazer alguma coisa."

"Patty, você disse 'a maioria dos clientes'... o que você quer dizer?"

"Bem, eu vi a Miriam Apple e seu cameraman mais cedo, mas eu não os vejo há um tempo. Alguns outros também. Mas tenho certeza de que eles estão aqui em algum lugar - talvez apenas fora da vista. E, Misty?"

"Sim, Patty."

"O prefeito e o vice estão aqui também. Isso pode ser complicado."

Houve um momento ou dois de silêncio. Finalmente, Misty falou.

"E Joey?" ela perguntou hesitante.

Patty sorriu enquanto respondia. "Ele está bem, Misty. Ele tem um esconderijo seguro e vamos fazer o que pudermos para continuar assim. Mas, e os clientes? A maioria deles tem a mesma idade que Brandon e eu... talvez até um pouco mais jovens. Nós não podemos deixá-los morrer!" *Nem o resto de nós também...*

"Patty, façam o que puderem para ajudar essas pessoas, *mas não sejam pegos!* Vamos tentar descobrir uma maneira de ajudar vocês daqui de fora."

"Vamos fazer, Misty."

OS OLHOS DE MISTY ESTAVAM focados em algum ponto distante no horizonte, enquanto ela lentamente abaixou o rádio. Suas emoções giravam dentro dela.

Megan chegou ao lado de Misty e colocou o braço em volta do seu ombro. "Ele está bem, querida... ele está bem. Isso é tudo que importa agora, não é?"

Ainda olhando, Misty disse, "É?"

Megan, preocupada, respondeu, "Bem, *claro* que é! Vamos tirar essas pessoas do clube e Joey voltará aos seus braços em breve!"

"Vamos?" Misty murmurou. "Como? O lugar todo é cheio de armadilhas, aquelas pessoas estão dentro, pelo menos duas estão mortas... Eu realmente gostaria de ouvir algumas idéias agora! Quer dizer, eu sei o que eu *quero* fazer, mas não sei se é a hora."

Marcus escolheu aquele momento para sair da multidão e parou ao lado de Misty.

"Misty, acho que é hora de tentarmos uma tática padrão do FBI. Eu gostaria de desligar a eletricidade do clube agora."

Misty olhou nos olhos dele. "Marcus, você realmente acha que isso seria seguro? Quero dizer, um policial acabou de ser morto quando ele e Louie bateram na porta, pelo amor de Deus! E temos a confirmação de que nosso velho amigo, Esteban Fernandez, está por trás de tudo isso. Então, eu não sei se desligar a eletricidade não provocaria algo ainda mais mortal. Acho que devemos abandonar isso por enquanto."

Marcus olhou para baixo enquanto pensava. "Você provavelmente está certa. Temos certeza de que não queremos fazer nada que arrisque mais pessoas."

"Tá certo", disse Louie, "mas ainda não temos nenhuma ideia de como abrir esse lugar!"

Capítulo 7

Tony Armstrong estava na beirada da pista de dança, mirando sua Uzi para nada em particular. Estava se perguntando qual seria a melhor maneira de trazer Patty e Brandon emcima com ele.

Mais cedo, Tony tomara uma decisão rápida quando vira os primeiros homens armados correndo para a pista - ele entrou no banheiro. Entrou em uma baia, subiu no vaso sanitário e removeu uma placa do forro. Então se impulsionou para dentro do teto e colocou a placa de volta no lugar.

Ele mal soltara a placa quando ouviu a porta do banheiro se abrir. Uma voz com sotaque gritou, "Saiam! Saiam agora!"Aparentemente, não havia ninguém no banheiro.

Tony ouviu as portas das baias se abrindo uma a uma, depois a mesma voz disse em espanhol, "*Não tem ninguém. Gringos não devem mijar muito frequentemente!*" Duas vozes riram, depois a porta do banheiro se fechou.

Tony caminhou ao longo das vigas do teto em direção aos dutos de ar. Ele pretendia seguir um até que achasse um lugar onde pudesse descer até o chão. Estava a poucos metros de um quando viu algo que o fez congelar e deu-lhe um pânico momentâneo.

Era uma câmera de segurança. Uma bem cara... e a única razão pela qual Tony a vira foi porque movera as lentes de um lado para o outro, escaneando o duto de ar.

Depois de alguns minutos, Tony deduziu que a câmera não o tinha visto. Recuou uns dois passos no caminho que tinha feito e, em seguida, continuou em um ângulo reto. Ele esperava que estivesse indo em direção às salas privativas.

Centímetro a centímetro, Tony se movia. Com muito pouca luz, ele olhava cuidadosamente ao redor enquanto se deslocava, procurando por mais câmeras de segurança. Não ousou desconectar nenhuma delas até que soubesse com certeza o que estava acontecendo e quem estava por trás disso. Depois, caberia a ele e seus colegas de trabalho, juntamente com Joey, neutralizar a situação.

Lentamente, tomando cuidado para não fazer barulho, Tony chegou ao que ele acreditava serem as salas particulares. As placas do teto eram diferentes, mais grossas e mais isolantes. Se moveu alguns metros adiante.

Ele não conseguia ver nenhuma câmera a poucos metros de sua posição. Não tinha como entrar na sala embaixo sem força bruta - teria que chutar uma placa para dentro da sala. Ele não estava preocupado em conseguir fazer o trabalho... sua maior preocupação era o barulho. Não se preocupava em ser ouvido dentro das salas privadas, mas ser ouvido ao longo do teto. Bem, o risco fazia parte do trabalho, fosse quando ele servira no Afeganistão anos atrás, ou ali na cidade. Se posicionou, apoiado contra as vigas, depois chutou para baixo uma placa do forro. No terceiro chute, conseguiu uma abertura grande o suficiente para passar.

Descendo pelo buraco recém aberto, Tony notou que estava dentro de uma das salas privativas. Seu senso de direção não falhara. A sala estava deserta.

Ele caminhou em silêncio até a porta, segurou a maçaneta e girou-a com grande cuidado, depois, com muita gentileza, abriu a porta um pouquinho para que pudesse vislumbrar o clube lá fora.

Todos os clientes pareciam estar no fosso. Vários homens armados estavam ao redor na beirada, armas apontadas para a multidão. Jim Crowe estava deitado na pista, e parecia que ele estava sangrando por causa de uma ferida na perna.

Nesse ponto, Tony ouviu a voz no sistema de som se identificar como Esteban Fernandez. Ele percebeu que era hora de agir. Enfiou a mão no bolso da calça e tirou uma moeda. Abrindo a porta cerca de quinze centímetros, jogou a moeda pela fresta. Sua mira era perfeita - ele acertou um dos homens em pé com a moeda! Tony se escondeu dentro da sala, se preparando.

Depois de um momento, a porta foi aberta um pouco por um cano da arma. Tony, pronto para qualquer coisa, pegou o cano da arma e puxou o guarda surpreso para dentro. Ele atingiu o homem duas vezes o mais forte que pôde, uma na têmpora e outra no pomo de Adão. Aturdido e asfixiado, o guarda largou a Uzi e segurou sua garganta. Tony agarrou a cabeça e o queixo do homem e torceu. Houve um estalo alto e o pescoço do guarda estava quebrado. Tony fechou a porta.

O guarda era do mesmo tamanho dele. Despiu o homem morto o mais rápido que podia. Removendo seu próprio uniforme, vestiu as roupas do guarda. *Legal. Ajuste quase perfeito!*

Tony arrastou o corpo do guarda para o banheiro da sala e o apoiou no vaso sanitário. Escondeu o uniforme debaixo da pia e se olhou no espelho.

Com os óculos de sol, ele parecia um bandido hispânico.

Hora do show! ele pensou, enquanto se dirigia para a porta e a abria. Caminhou até o fosso e tomou seu lugar no círculo. Ele olhou para Crowe na pista, mas algo acontecera enquanto ele matava o guarda, e Crowe estava morto.

Não pense nisso, Armstrong! Mais tarde! Agora, essas pessoas precisam de você!

Examinando a multidão, ele avistou Patty e Brandon imediatamente. Também viu Joey agachado no chão atrás de um grupo de pessoas. Interiormente, ele sorriu enquanto observava Joey rastejar para o seu esconderijo, abri-lo e depois fechá-lo atrás dele. Boa. Joey seria uma "carta na manga" para eles.

Enquanto isso, Patty o havia visto. Ele usou uma série de gestos de mão, específicos da Justo Segurança, dizendo-lhe para encontrar Brandon e esperar por instruções.

MIRIAM APPLE DIZIA, "Sr. Prefeito, deixe-me ter certeza de que entendi." Ela olhou para Steve para se certificar de que sua câmera estava pegando a conversa. Steve acenou para ela. "Você diz que Joey Justo é a razão pela qual Esteban Fernandez declarou guerra à cidade?"

"O que estou dizendo, senhorita Apple, é que Esteban Fernandez é, provavelmente, um homem de negócios respeitado", respondeu o prefeito Gould. "Ele parece estar tentando abrir negócios legítimos em nossa cidade - este clube, *Wham*, ou até mesmo o Serviço de Limusines do Pink - que foram abruptamente perturbados por Joey Justo e Justo Segurança!"

"Então você está insinuando que a Justo Segurança estava envolvida com a explosão da empresa de limusines?", perguntou Miriam.

"É exatamente o que estou dizendo!"

"E que prova você tem, Sr. Prefeito?"

O prefeito começou a dizer alguma coisa, mas parou. "Estou... estou trabalhando nisso agora."

"E como exatamente a Justo Segurança é responsável pela violência desta noite aqui no clube *Wham*, senhor? Tanto quanto eu poderia dizer, eles estavam apenas fornecendo segurança... contratados pelo gerente do clube."

O prefeito hesitou novamente. "Não tenho certeza, mas sei que é verdade, senhorita Apple."

Miriam olhou para o prefeito por um momento. "Como está sua cabeça, senhor?"

"Oh, minha cabeça está bem... ei! O que você está implicando? *Saia* de perto de mim!"

"Uma última pergunta, por favor, senhor prefeito", disse Miriam.

"O que *é*, senhorita Apple?"

"A Narcóticos rotulou Esteban Fernandez como um líder violento de um cartel de drogas mexicano, e o FBI disse que Fernandez é um criminoso violento que pretende expandir para os Estados Unidos à força, se necessário. Isso não torna as suas declarações culpando a Justo Segurança pela violência executada por Fernandez... absurdas? E isso talvez indique que sua administração está fazendo juz aos rumores de que você está na folha de pagamento de Fernandez?"

O prefeito olhou para Miriam, percebendo que ele tinha sido acuado em um canto, afirmando exatamente o que ela havia sugerido. "Esta entrevista *acabou*, senhorita Apple."

"Mas você poderia apenas responder a pergunta, senhor?"

"Senhorita Apple, eu não só *não vou* responder, como vou fazer com que você nunca compartilhe essas acusações!"

PATTY FERGUSON E BRANDON King observavam enquanto Tony lhes dava instruções. Ambos assentiram.

Patty, com Brandon a cobrindo, sussurrou no rádio. "J-1, aqui é PF-1. Eu sei que pode me ouvir, então pressione o botão de transmissão duas vezes para confirmar."

Ela pressionou o ouvido no aparelho e ouviu dois cliques.

"Todos nós sabemos onde você está. Tony está em uma posição favorável, e ele diz que você precisa ficar aí. Você é a nossa "carta na manga". Você entende, senhor?"

Mais dois cliques.

"Ótimo. Fique frio e preste atenção, senhor!"

De repente, o braço de Patty foi agarrado com força por trás. Ela quase deixou cair o rádio, mas, em vez disso, recuou a mão como se fosse acertar a pessoa que a agarrou. Parou quando viu quem era.

"Moça, se você sabe onde Joey Justo está, me mande para ele. O prefeito acaba de admitir em vídeo que os rumores sobre estar na folha de pagamento de Fernandez são verdadeiros, e ele me garantiu que não vou sobreviver para contar a ninguém", disse Miriam Apple. "Um repórter detesta admitir, mas estou com medo."

"SENHORA, EU NÃO DOU a mínima para *quem* você é, eu não vou deixar meu homem naquela entrada como um pedaço de *lixo*!", gritou o chefe de polícia. "Não está *certo*!"

"Não, não está certo, Chefe!", gritou Misty com igual determinação. "Não está certo que ele esteja morto, não está certo que haja um prédio cheio de pessoas presas por um homem louco, e não está certo que meu noivo seja um deles!" Ela colocou o dedo indicador no peito do Chefe. "Mas, se você quer ir buscar o seu homem, por todos os meios *vá* buscá-lo! Mas vou cuidar para que ninguém vá atrás do *seu* corpo também! Você não *entende*, Chefe? Fernandez fez tudo isso! Tudo isso! E nós estamos presos um passo atrás dele tentando impedi-lo de outra grande matança!" Ela apontou para o clube. "E nós não podemos nem *entrar*!"

"Bem, eu sei de tudo isso!", gritou o chefe.

Megan gritou para Misty. "Misty! Patty está tentando te contatar no rádio!"

"Que diabos?", disse o chefe. "Não é hora de socializar!"

"Ela é o nosso contato lá dentro, seu idiota! Por que você não fecha seu bico um pouco e presta atenção?" Ela pegou o rádio e apertou o botão de transmissão. "PF-1, aqui é J-2. Você estava procurando por mim?"

"Eu certamente *estava*!"

"Desculpa. Eu estava discutindo com nosso ilustre Chefe de polícia."

"Mantenha-o perto, Misty! Ele precisa ouvir isso! O mesmo para o senhor Moore!"

Misty viu Marcus na multidão e fez sinal para ele. O Chefe não saíra do seu lado. Ela olhou na direção de Megan, que girou o dedo em círculos, indicando que a transmissão seria gravada.

"Ok, Patty. Eu tenho os dois aqui comigo."

"Eu estou com Miriam Apple. Ela tem algo a dizer."

"Coloque-a para falar, Patty."

Clique. "Misty?"

"Oi, Miriam. O que aconteceu?"

Miriam repetiu o que dissera a Patty alguns minutos antes.

O Chefe apenas fechou os olhos e balançou a cabeça. Marcus deu uma risada cínica, e Misty revirou os olhos, pensando *O que mais pode dar errado?*

"Nós ouvimos, Miriam. Vamos agir de acordo com suas informações assim que tirarmos vocês. Enquanto isso, você e Steve ficam com Patty e Brandon... eles cuidarão de vocês. Ok?"

"Obrigado, Misty. E, a propósito, acredito que o vice-prefeito esteja limpo."

Misty sorriu. "Obrigado, Miriam. Agora, devolva o rádio para Patty antes que descubram vocês!"

Misty se virou para Marcus e o Chefe. "*Temos* que entrar, senhores! E eu quero dizer *agora*!"

"UAU", DISSE MIRIAM. "Agora eu tenho que fazer xixi!"

"Eu não acho que eles estão deixando...", começou Brandon. Ele estalou os dedos. "Espere um minuto! Eu tive uma ideia!"

"O quê?", perguntou Patty.

"Veja", disse Brandon. Ele se virou para Tony e se certificou de que tinha a atenção dele. Quando Brandon fez os sinais com a mão explicando sua ideia, Patty começou a sorrir e Tony começou a concordar.

"Você é um gênio, Brandon!", disse Patty.

Tony respondeu a Brandon, que assentiu.

"Tony diz que só podemos ir um de cada vez", disse ele.

"Sem problemas", disse Patty. "Eu acho que Miriam deveria ir primeiro, já que ela realmente tem que ir."

"Concordo. Miriam, faça algum barulho. Por favor, direcione para Tony, para que ele possa ser um dos guardas que ajuda.

Miriam parecia confusa. "Do que *diabos* vocês estão falando? Que Tony?"

Patty riu. "Ah, é mesmo... você não sabe. Você conhece Tony Armstrong da Justo Segurança?"

"O cara na recepção, certo? Sim, eu o conheço."

"Olhe para cima, na beirada do fosso."

Miriam olhou para cima. Tony baixou novamente os óculos escuros e piscou, desta vez para Miriam.

"Nossa ideia é que Tony precisa de ajuda lá em cima, e temos que encontrar uma maneira de chegar lá sem atrair atenção. Precisamos gradualmente tomar o lugar de vários dos guardas até que estejamos todos lá em cima", explicou Brandon.

"Já que você tem que ir ao banheiro de verdade, e você é conhecida por ser agressiva em seu trabalho como repórter, você entra no primeiro grupo", disse Patty.

"E toma o lugar de um dos guardas", terminou Brandon.

Miriam olhou para os dois. Ela não podia acreditar no que estava ouvindo. "Estão brincando né? É uma piada. Só pode ser."

"Não, senhora," respondeu Brandon. "Não é brincadeira."

Patty deu um meio sorriso. "Bem-vinda à Justo Segurança, Miriam. É bom ter você a bordo!"

Miriam olhou de um para o outro, até que percebeu que eles não estavam brincando. Virando a cabeça com determinação, ela marchou em direção à borda do fosso.

"Ohmeudeuseurealmentevoufazerisso..." Tony, e os guardas de cada lado dele, viraram as armas para ela enquanto ela caminhava para à beirada. "Ei! Você! Eu tenho que fazer xixi!"

Nenhuma resposta dos guardas.

"Você é *surdo* ou só é estúpido? Se eu não for ao banheiro logo, vou deixar uma poça neste andar!"

Um cara no meio da multidão disse, "Sim, eu certamente gostaria de fazer xixi, sabe?"

"Eu também", disse outro cara.

"Eu gostaria de ir ao banheiro também", disse uma jovem mulher.

Miriam se virou para olhar Tony. "Então, que tal, senhor malvado? Nós podemos ir ou não?"

"Eei!", gritou Ray Pruett, ainda ao telefone.

Tony olhou para o gerente parado na pista.

"Comecem a levá-los... apenas alguns de cada vez."

Tony assentiu e olhou para a direita e murmurou em espanhol. O guarda à sua direita assentiu, depois indicou Miriam e outros quatro que se reuniram ao redor. Subiram as escadas do fosso. Tony organizou o grupo, certificando-se de que Miriam fosse a última da fila. Ele acenou para o outro guarda, indicando que o outro homem deveria liderar o caminho.

Chegando ao banheiro, que por acaso era o banheiro em que Tony entrara para escapar mais cedo, nem o guarda nem Tony disseram nada ao grupo, mas o guarda entrou primeiro. Cada um à frente de Miriam entrou, um de cada vez. Miriam esperava que estivesse fazendo o que Tony queria que ela fizesse - quando chegou a vez dela ir, recusou.

"Eu *não* vou mijar na frente de todos!" Ela disse severamente. "Não vou dar essa diverssão a vocês!"

O guarda, ouvindo a voz de Miriam, abriu a porta para ver o que estava errado. Tony empurrou Miriam para o guarda e seguiu o par surpreso e desequilibrado para dentro do banheiro. Ele empurrou Miriam para for a do caminho, depois enfiou os dedos profundamente no pomo de Adão do guarda. Desejou ter uma faca - seria *muito* mais fácil! Em vez disso, girou a cabeça do guarda para trás até ouvir o pescoço estalar.

Miriam engoliu em seco. Tony ajudou-a a levantar de onde havia caído.

"Ótimo trabalho, Miriam!" sussurrou Tony. "Você não é apenas uma boa repórter, você é um *diabo* de uma atriz!"

Gaguejando e devolvendo o sussurro, Miriam respondeu, "Ob-ob-obrigado, Tony." Ela apontou para o guarda. "Ele está...?"

"Morto? Pode apostar seu doce traseiro. Quer me ajudar a tirar a roupa dele?"

Ela deu um passo atrás, medo aparecendo em seu rosto. "Ti-tirar a roupa?"

"Claro. Você tem que colocar as roupas para pegar o lugar dele. E temos que nos apressar!" Sentindo que Miriam estava se afastando dele, Tony disse, "Você não precisa fazer xixi?"

"Xixi?" Ela respondeu distantemente. Então, retrucou para si mesma. "Sim eu quero. Eu não vou demorar um minuto." Ela entrou em uma baia e fez o que tinha de fazer. Quando terminou, disse. "Se você me passar as roupas, vou começar a me vestir."

Sorrindo, Tony disse, "Claro, Miriam!"

Dois minutos depois, Miriam saiu da baia. As roupas do guarda morto não eram perfeitas, mas passariam por uma inspeção casual. Tony pegou o boné do homem e colocou na cabeça de Miriam, enfiando o cabelo por baixo. Deu um passo para trás para olhá-la, movendo a cabeça para cima e para baixo. Finalmente, assentiu.

"Precisa de um pequeno toque final", disse ele. Entregou-lhe os óculos de sol do guarda, que Miriam colocou.

"Bom o bastante", disse Tony. "Agora, Miriam, estamos aqui há um tempo. Quando saírmos daqui, temos que parecer dois caras que se aproveitaram da moça das notícias, ok? Temos que nos gabar como se tivéssemos acabado de pegá-la e deixado a bela dama morta na baia. Você pode fazer isso?"

Surpresa com a conversa franca de Tony, Miriam respondeu corajosamente, "Eu posso fazer isso."

"Bom. Porque ainda não estamos fora disso. Vou assumir a liderança e você vai atrás."

Tony abriu a porta do banheiro e saiu, apontando a arma para a direita, endireitando as calças com a esquerda. Os quatro clientes restantes estavam observando-o e mal notaram Miriam... mas notaram que os dois guardas estavam sozinhos. Suas imaginações fizeram o resto.

Os clientes voltaram de bom grado ao fosso. Patty subiu os degraus como parte do próximo grupo. Tony fez sinal para que Miriam ocupasse seu lugar e falou baixinho com outro guarda, perguntando se ele ajudaria com o novo grupo. Miriam notou que o novo guarda era do mesmo tamanho que Patty. Ela olhou para dentro do fosso e viu Steve olhando para ela. Patty e Brandon tinham obviamente encontrado o cinegrafista e o colocaram a par da situação. Ela se perguntou se Tony planejava trazer Steve para cima com eles.

Oh, meu Deus, espero que possamos fazer isso!

Capítulo 8

Megan digitou o código final em seu controle sem fio e olhou para Misty. "Pronta?" Megan perguntou.

Misty olhou em volta. Todo mundo estava bem longe da porta da frente do clube. Ela olhou para Dexter, que deu de ombros. Olhou para Louie. Ele assentiu. Olhou para Marcus. Ele assentiu.

O receptor na outra extremidade do controle sem fio estava ligado a um tijolo cinza-claro 15x20, composto por explosivos C-4. O tijolo tinha duas tiras prateadas de cada lado, envolvendo o pacote explosivo. Após a recepção de um sinal do controlador, o receptor enviaria eletricidade ao explosivo. Em seguida, explodiria, esperando-se abrir acesso através das grossas portas de aço do clube.

Os eventos que levaram a essa tentativa eram chocantes e revelavam a urgência de encontrar um caminho para dentro.

Misty estava conversando e tentando implementar um plano, quando seu celular tocou.

Quando atendeu, disse, "Misty Wilhite".

A voz que respondeu a fez estremecer.

"Olá, *señorita* Wilhite. Espero que esteja gostando da minha pequena armadilha."

Ela acenou apressadamente a Dexter para chamar sua atenção, então apontou para o telefone, dizendo, "É ele!" Dexter compreendeu, agarrou Megan e Marcus e os puxou para a área dos equipamentos para tentar rastrear a ligação.

"Vamos apenas dizer que tem a minha atenção, *señor* Fernandez", ela respondeu no telefone.

Fernandez riu. "Você tem consciência de que deveria estar examinando o clube *por dentro*, não é?"

"Sim, estou bem ciente disso."

"Cinqüenta e sete minutos atrás, eu falei com todas as pessoas lá dentro - não pessoalmente, é claro - e disse a Joey Justo que ele tinha uma hora para se entregar. Ele teria a oportunidade de falar com você para convencê-la a entrar. Se ele escolhesse ajudar, eu prometi liberar as pessoas lá dentro."

"Se ele optasse por não aproveitar a minha oferta, então eu disse que iria executar um clientes a cada quinze minutos, até que ele se rendesse." Fernandez fez uma pausa. "Você está conectada no sistema de som interno do clube desde o começo desta ligação. Todos podem te ouvir." Ele fez uma pausa novamente. "Você tem um minuto. Por favor, convença-o."

Misty, tomada de surpresa, só conseguiu dizer, "Seu *desgraçado*! Como você consegue viver consigo mesmo?"

"Muito confortavelmente, garanto-lhe."

"Joey. Fique onde está. Nós temos um exército aqui, e vamos te tirar daí. Todos vocês. Por favor, fiquem calmos. Temos o FBI, a polícia da cidade, todos os agentes da Justo Segurança disponíveis, e muitas pessoas da mídia. Estamos todos trabalhando para chegar até vocês. Por favor, não desistam, porque..."

Fernandez a interrompeu. "Joey Justo. Seu tempo acabou. *Señorita* Wilhite, você pode ouvir, mas não será ouvida de agora em diante." Houve um clique quase inaudível. "*Señor* Pruett, pode prosseguir. Não, não este... nem este... *sim*! Esta!"

Misty podia ouvir soluços. Ficaram mais altos.

"Sim, *señor* Pruett. Traga ela para a passarela. Qual é o seu nome, garota?"

Mais soluços, depois SMACK!

"Seu nome, *puta*!"

"Tr-Tr-Trudy. Trudy Hickerson."

"*Gracias, señorita*. É bom saber o nome de quem você vai matar", Misty ouviu Fernandez dizer. "Pruett? Por favor, atire nela."

Os olhos de Misty se arregalaram enquanto ela ouvia os soluços ficarem mais altos e "não! por favor!", então BANG!

Misty ouviu o silêncio.

Señores e *señoritas*, ela é a primeira a ser morta porque Joey Justo não apareceu. Haverá outro em quinze minutos. Quem será?"

Houve um clique de desconexão no telefone dela.

Misty baixou o telefone lentamente. Ela não percebia, mas estava perto de entrar em choque. Não cedeu, no entanto. Se aprofundou em si mesma e encontrou alguma força de reserva.

Oh, Joey, que Deus tenha misericórdia de todos nós.

Misty respirou fundo. "*Megan! Louie! Eu preciso de vocês!*" ela gritou.

"Ohmeudeusohmeudeusohmeudeus", disse Miriam para Tony. "Por que eles atiraram naquela pobre menina? Tony, *por que não os detivemos?*"

"Miriam, nem pense em surtar agora!", disse Tony em voz baixa. "Há três seguranças aqui, quatro, se contar Joey! E nós temos você e Steve... e vocês tem armas, mas nenhum tem experiência com esse tipo de situação! Estamos em grande desvantagem para sequer *pensar* em atacar agora! É por isso que não os detivemos - nós estaríamos mortos junto com aquela garota!"

"Ohmeudeusohmeudeusohmeudeus", continuou Miriam em voz baixa.

"Miriam! Se você for surtar, vá para o fosso para não entregar o resto de nós!"

Miriam sacudiu a cabeça. "Não, Tony. Eu vou ficar bem."

Tony estudou-a por um momento. "Ok. Mas se você começar a pirar de novo, eu mesmo vou jogá-la no buraco. Não podemos nos dar ao luxo de sermos pegos agora. Voce entende?"

Ela assentiu.

Steve se sentou ao lado de Tony e sussurrou algo em seu ouvido.

"No *Golfo*? *Você*?"

Steve assentiu.

"Viu alguma ação?"

Steve assentiu novamente, depois sussurrou de novo para Tony.

"Você tá brincando né?"

Steve enrolou a manga da camisa e mostrou a Tony sua tatuagem de Seal da Marinha.

"Steve, peço desculpas, cara. Eu pensei que você fosse mais um geek da TV".

Steve acenou com a mão para indicar que isso não importava.

Tony indicou Miriam. "Cuida dela?"

Steve assentiu.

"PESSOAL, SUA ATENÇÃO, por favor?", disse o prefeito Gould. "Aqui ao meu redor, por favor... sim, eu só quero falar um momentinho... obrigada."

Um pequeno grupo de pessoas começou a cercar o prefeito, muitos deles ainda em choque com a morte da jovem, algumas das mulheres ainda chorando levemente.

O que esse cabeça de vento vai fazer agora? O vice-prefeito McIllwain se encontrava próximo ao prefeito. *É melhor não ser algum tipo de auto-promoção exibicionista, ou eu mesmo vou bater na cabeça dele!*

"O que vocês acabaram de ver acontecer pode ser diretamente atribuído a Joey Justo", começou o prefeito.

McIllwain olhou boquiaberto para Gould, sem acreditar no que o homem acabara de dizer. Gritos de "seu idiota!" e "que merda você está falando?" foram ouvidos do grupo de pessoas ao redor dele.

"Eu sei que é difícil acreditar, mas é verdade", disse Gould, sobre o barulho proveniente da pequena multidão. "Escutem-me! É verdade!" Gould começou a agitar os braços em pequenos círculos. "Olhem para este clube! É um negócio muito bem sucedido e agora está arruinado por causa de Joey Justo! Esteban Fernandez está apenas tentando abrir negócios nesta cidade... tentando ajudar a economia local... tentando ajudar as famílias a se sustentarem fornecendo empregos!"

"Mas esse clube não foi construído especialmente como uma armadilha para pegar Joey Justo?", perguntou alguém da multidão.

Gould fez uma pausa por um momento. "Não! Foi construído para manter Justo *fora*! Ele continua tentando impedir que Fernandez estabeleça negócios em nossa cidade! Ele tem algum tipo de obsessão por Fernandez, então o *señor* Fernandez tenta se manter longe dele."

"Mas, Joey Justo não atirou naquela menina... Trudy", disse outra pessoa da multidão. "O pessoal de Fernandez fez isso."

"Mas ele também não saiu do esconderijo para salvá-la", disse Gould. "Se ele fosse inocente, ele se mostraria, e orgulhosamente!"

Um homem na multidão balançou a cabeça. "Você está errado, prefeito. Eu também não me mostraria, a menos que pudesse parar a matança de alguma forma. Esse Fernandez vai matar a todos nós, quer Justo apareça ou não. Você nunca vai me convencer do contrário."

Quando o prefeito estava prestes a responder, outra voz entrou na conversa. "Sim. Você não vai me convencer também... traidor."

Gould virou-se para a voz bem a tempo de ser socado com força no queixo pelo vice-prefeito McIllwain.

"Glenn, acho que eu pararia de falar agora, se fosse você", disse McIllwain.

A pequena multidão ao redor deles começou a aplaudir.

O OBJETO DA DISCUSSÃO, Joey Justo, estava em seu esconderijo, chorando em silêncio pela menina morta.

"ELE NÃO ESTÁ USANDO um celular. Pelo menos, não um que possamos detectar", disse Dexter.

"Então, não podemos bloqueá-lo como ele nos bloqueou mais cedo", disse Misty.

"Na verdade, achamos que podemos", respondeu Megan.

"Ou, pelo menos, ter uma pequena interferência quando ele estiver falando", disse Marcus. "Tornar um pouco mais difícil ouvir o que ele disser, talvez."

"Vai levar tempo, no entanto", acrescentou Dexter.

"O que não temos", disse Misty em voz baixa.

Dexter assentiu. "Mas nós descobrimos que Fernandez está usando as câmeras de segurança dentro do prédio. É como ele vê e como ele escolheu qual garota matar."

"Nós podemos bloquear isso, sem problema", disse Megan.

Um vislumbre de esperança e um leve sorriso cruzaram o rosto de Misty. "Façam isso." Ela se virou para Megan. "Você trouxe tudo o que conversamos?"

Megan sorriu. "Ah sim."

Misty sorriu de volta. "Então eu preciso falar com Louie."

Marcus apontou para a frente do clube. "Acho que ele está com a polícia da cidade, ainda estudando a entrada."

Misty olhou para Marcus. "Vem comigo?"

Marcus sorriu. "Claro."

Eles começaram a caminhar em direção ao homem grande.

DE VOLTA AO PRÉDIO da Justo Segurança, Jessica Queen estava sentada na recepção com Mark Haase. Ela não tinha nada para fazer.

Até mesmo Mark tinha algo para fazer. Atendia os telefonemas ocasionais do pessoal de folga que havia respondido a convocação de emergência. Contava-lhes o que estava acontecendo e os direcionava para tarefas específicas ou para o estacionamento do Wham. Ele também monitorava relatórios de segurança de funcionários em serviço em vários postos da cidade e do país.

Desde o retorno de Fernandez, o prédio estava fechado e em alerta vermelho. Enquanto apenas uma pequena equipe de funcionários permanecia no prédio para garantir a segurança, eles eram auxiliados por pessoal não essencial, como a equipe de cozinha e a de limpeza.

Jessica estimou que apenas cerca de vinte pessoas permaneciam no prédio.

Parecia vazio.

E assombrado.

Ela desejou não ter assistido aos dois primeiros terços de seu filme de terror. Agora, estava assustada em sua própria casa.

Mark era boa companhia e dava a ilusão de que ela estava fazendo alguma coisa.

Jessica percebeu que estava impedindo-o de fazer o que ele precisava, então decidiu voltar para seu apartamento. Ela se levantou, deu boa noite a Mark e disse-lhe que ligasse imediatamente se algo acontecesse. Então dirigiu-se aos elevadores.

As portas abriram-se no quinto andar, e a primeira coisa que Jessica viu foi um dos seguranças esparramado no chão a cerca de um metro e meio dela. Quando estava ao lado do corpo, percebeu que ele estava em uma poça de sangue.

Ela segurou sua arma com a mão direita e virou o corpo com a esquerda.

Era Jeff Breeden. Sua garganta tinha sido cortada, e tão profundamente que sua laringe e traqueia estavam cortadas quase em duas. Sua jugular tinha sido partida, de modo que ele deve ter sangrado até a morte antes que pudesse sufocar. Seu rosto estava de uma cor branca doentia pela perda de sangue, e seus olhos estavam bem abertos, assim como a boca... como se ele estivesse tentando dizer a Jessica quem tinha feito essa maldade brutal com ele.

Jessica recuou contra a parede, olhando para a esquerda e para a direita, enquanto tirava o rádio do bolso.

"Mark", ela disse baixinho no dispositivo.

"Sim, senhora", ele respondeu.

"Acabei de encontrar Jeff Breeden no quinto andar. A garganta dele foi cortada. Você pode fazer uma convocação no rádio, por favor?"

"Tem certeza, Jessica? É mesmo o Jeff?"

"Não, Mark, eu apenas pensei em fazer uma piada! É claro que tenho certeza que é o Jeff... e eu estou aqui em cima sozinha, a menos que haja outro soldado perdido aqui em algum lugar. Por favor, faça a convocação! Temos que descobrir quem fez isso e se é um de nós!"

Mark fez a convocação. Jessica ouviu os nomes sendo chamados um por um. Ela continuava virando a cabeça da esquerda para a direita, tentando observar os dois lados ao mesmo tempo. Seu coração continuou pulando enquanto esperava que a chamada fosse terminada.

"Jessica."

"Sim, Mark."

Ele fez uma pausa. "Cinco pessoas não responderam. Sugiro que volte para o elevador e volte para cá agora. Vou enviar uma mensagem geral a todos para que voltem à recepção e organizaremos uma procura. Nós vamos encontrar quem quer que seja."

"Ótimo, Mark. Estou a caminho."

Jessica avançou até o elevador e apertou o botão para descer. As portas se abriram imediatamente e ela entrou, virando o cabelo para a direita enquanto entrava. Então, ouviu o barulho de um tiro silenciado e sentiu o zunido da bala, que passou perto de sua orelha. A bala se alojou na parede do fundo do elevador.

Jessica mergulhou no elevador, usando um dos lados para protegê-la de mais tiros. Ela respirou fundo, agachou-se, depois disparou um tiro pelo canto da porta do elevador.

Não havia ninguém lá.

Olhares rápidos pela área que ela enxergava de sua posição confirmavam isso... quem quer que dera o tiro tinha desaparecido totalmente. Ela permaneceu alerta, com a arma apontada para fora do elevador, enquanto as portas se fechavam.

Oh meu Deus! Essa foi por pouco! Se eu não tivesse tirado o cabelo dos olhos naquela hora, eu estaria morta agora mesmo!

Ela percebeu que estava chorando. Estendeu a mão e apertou o botão do saguão.

Há um assassino no prédio... e esse assassino tem habilidades!

"ENTÃO, SE A PORTA É guardada com armas automáticas controladas por computador, como podemos colocar o C-4 lá?", perguntou Misty.

Louie olhava para a porta, pensando... bem, ele olhava mais para o policial morto do que para a porta. *Como diabos eu deixei passar algo assim?*

"Louie", disse Misty.

Louie não a ouviu.

"*Louie*", disse ela com força, socando o braço ao mesmo tempo.

Louie deu um pulo. "Que diabos, garota? Você está tentando me assustar?"

"Não, estou tentando conseguir algumas idéias para colocar *este* explosivo", ela segurava um bloco de C-4, "*naquela* porta", ela apontou para a entrada do clube, "sem matar ninguém!"

"Sinto muito, Misty", respondeu Louie. "Estou me sentindo mal pelo policial. Eu mesmo deveria ter verificado a porta para descobrir o que Fernandez havia feito com ela. Eu o deixei morrer."

"Eu me sinto mal pelo policial estar morto, Louie, mas ele mesmo fez isso. Ele correu até a porta sem qualquer orientação sua. Se ele tivesse sido cauteloso, isso nunca teria acontecido."

"Talvez."

Misty suspirou. "Há muita coisa que aconteceu esta noite que eu gostaria que não tivesse acontecido, velho amigo. Neste momento, eu gostaria de saber como colocar isso lá em segurança."

Louie olhou para o explosivo cinzento, que parecia massa de vidraceiro, pensando. De repente, ele estalou os dedos. "Eu *sei*!" ele disse, e correu para uma das vans da empresa.

"*Señor* Pruett, por favor, atenda o telefone", disse Fernandez no sistema de som do clube. "Eu preciso falar com você em particular."

Pruett pegou o celular.

"Aqueles *bastardos* estão interferindo nos sinais da câmera. Não consigo mais ver o que está acontecendo".

"O que gostaria que eu fizesse, senhor?", perguntou Pruett.

"É hora de matar alguém. Escolha um. Eu não me importo com quem. Mas eles devem morrer devagar e dolorosamente. Use sua lâmina, *señor*. E me coloque de volta no sistema de som."

"Sim senhor."

Pruett colocou o telefone no compartimento especialmente projetado para ele, depois sussurrou para um dos homens mais próximos. O homem assentiu e desceu para o fosso. Lá, ele escolheu uma mulher que parecia ter trinta e poucos anos, cabelos castanhos encaracolados, bochechas rechonchudas e olhos estreitos. Ele gritou em espanhol, mas ela não entendeu. Quando ele a empurrou com força com o cano de sua arma e gesticulou para a passarela, a mulher cambaleou, como se toda a força tivesse saído de suas pernas. Ela deu um chiado agudo que começou baixo, mas ficou mais alto quanto mais perto ela chegava de Pruett.

"*Señores e señoritas*", disse Fernandez no sistema de som. "É novamente hora de tentar convencer Joey Justo a se render. *Señorita, como se llama*? Qual é o seu nome?"

A mulher continuou a gemer.

"*Cale a boca*!", gritou Pruett na cara da mulher.

Assustada, a mulher olhou para o rosto de Pruett. "Dawn."

"Dawn", disse Fernandez. "Você tem algum outro nome?"

"Não."

"Você tem certeza?"

"Sim."

"Justo. Entregue-se a mim agora, e eu pouparei esta 'Dawn'... permaneça onde está e ela morrerá gritando. O que você escolhe?"

Os olhos da mulher se arregalaram e ela começou a lutar contra os homens que a seguravam, mas sua resistência era perda de tempo. O pânico instalou-se em seu rosto enquanto ela movia a cabeça de um lado para outro. Ela começou a lamentar novamente.

"Muito bem, Justo. A morte dela está em suas mãos. Pruett, quero que esse barulho que ela está fazendo pare. Eu quero ouvir gritos de dor. Entendeu, *señor*?"

Com um sorriso, Pruett disse, "Sim, senhor". Ele estendeu a mão delicadamente e com a ponta da faca fez um corte de três centímetros em uma das bochechas rechonchudas da mulher.

A mulher constatou que seu destino seria cortado em tiras, apenas alguns segundos antes de a dor começar. Ela gritou, em voz alta e com vigor. Os homens que a seguravam e a rodeavam arrancaram-lhe as roupas, enquanto Pruett começou a fazer pequenos cortes em seu corpo. Alguns eram profundos e alguns eram apenas arranhões. Com uma risadinha quase histérica, Pruett cortou um dos mamilos da mulher.

Tornou-se inenarrável.

DEPOIS DO OITAVO GRITO da mulher, Joey não aguentou mais. Sussurrando entre os dentes cerrados, ele pegou o rádio.

"J-1 para J-2", disse ele, com os olhos bem fechados.

Depois de um segundo, Misty respondeu. "J-1, por que você está quebrando o silêncio?"

Ele respirou fundo algumas vezes. "Eu não posso continuar ouvindo essas pobres pessoas sendo torturadas, J-2. É insuportável." Ele fechou os olhos com força e baixou o rádio para o joelho por um momento, depois voltou a levantá-lo. "Eu vou me entregar."

A resposta de Misty foi imediata. "Você *não vai*, J-1. Repita: você não vai se render! Essas pessoas estão nos dando o tempo de que precisamos para te tirar daí, e você *não vai* deixar que essas mortes sejam por nada, *entendeu*?"

Lágrimas rolaram pelo seu rosto quando os gritos de Dawn se tornaram roucos e repetitivos, ele disse, "Eu te entendo, J-2. Mas vocês tem que entrar logo, ok? É sério!"

Por entre lágrimas, Misty disse, "Oh, meu amor... estamos fazendo o que podemos! Apenas espere. Por favor."

NO SAGUÃO DO ELEVADOR, Jessica gritou, "Mark!"

"Limpo!" ele respondeu.

Jessica virou em direção à recepção. Mark Haase estava de pé, com a arma na mão, observando todo o primeiro andar o máximo possível, cobrindo a aproximação dela.

Segura atrás da mesa, ela perguntou, "Estão todos vindo?"

"Estão. E pedi extrema cautela."

"Uma coisa: diga a eles que quem quer que seja, tem habilidades. Eles devem vigiar sua retaguarda também".

"Como você sabe disso?"

"Eles atiraram em mim. Me virei e eles tinham sumido. Foi rápido. Muito rápido."

Mark pegou o celular e enviou um texto para todos que haviam respondido à chamada.

"Como devemos fazer a busca?"

"Vamos esperar até que todos estejam aqui. Mark, isso me preocupa. Como alguém chegou aqui sem que percebêssemos?"

Mark sacudiu a cabeça, não querendo dizer o óbvio. "Poderia ser um dos empregado?"

"Eu também não gostaria de dizer isso, Mark", ela respondeu. "Mas realmente *passou* pela minha cabeça."

"OHMEUDEUSOHMEUDEUSOHMEUDEUSOHMEUDEUSEUTENHOQU suportarissoédemaisparaaguentarohmeudeusohmeudeus", sussurrava Miriam continuamente.

Steve foi acalmá-la, enquanto Patty e Tony se moviam para ficar ombro a ombro, bloqueando-os de vista. Brandon estava a vários metros deles, observando os guardas. Os três oficiais da Justo Segurança estavam prontos para começar a atirar nos guardas se fosse necessário proteger Miriam e Steve. Afinal, os dois estavam sob sua proteção.

A horrível execução na passarela acabara. Pruett respirava pesadamente quando a mulher morreu. Ela finalmente tinha ficado catatônica e não havia mais consciência. Por fim, Pruett cortou a garganta dela e viu a vitalidade jorrar da ferida até ela morrer.

Patty teve que desviar o olhar, assim como Brandon. Tony manteve o rosto na direção dela, mas só conseguiu fazê-lo observando os guardas do outro lado do fosso e sem olhar para a passarela.

Tony estava pensando. *Como diabos vamos sair disso? Os rapazes e eu estamos em desvantagem de sete para um, mesmo com o chefe ajudando. Mesmo se pegarmos todos os guardas, ainda temos que sair desta bola de aço, e se o que eu ouvi sobre Fernandez estiver certo, o lugar está fadado a ser uma armadilha de alguma forma. Estou ficando velho demais para essa merda, estou mesmo.*

Patty levantou a mão para o ouvido. Tony sabia que estava ouvindo o seu rádio. Ela casualmente caminhou até Tony e falou no transmissor.

"J-2, aqui é P-1. Eu estou com o capitão, você pode por favor repetir?"

"Eu disse, preparem-se para alguns fogos de artifício. Temos fogos de artifício prontos na frente. Mantenham seus dedos cruzados, pessoal!"

Tony olhou para Patty. "Vá dizer a Brandon que esteja preparado para qualquer coisa, e eu aviso nossos amigos repórteres. Misty está planejando explodir alguns C-4 na porta da frente. Espero que funcione."

JOEY ESTAVA ESTICANDO suas pernas rígidas quando o anúncio de Misty veio através do rádio. Ele reuniu suas escassas armas e se preparou o melhor que pôde... se ao menos desse certo!

LOUIE TIROU UM PEQUENO calendário magnético da parede de uma das vans da empresa.

"Deixe-me ver o C-4", disse ele a Misty.

Louie começou a pressionar e esticar o explosivo até que ficasse do mesmo tamanho do calendário 15x20. Ele colocou o calendário com a face para baixo em cima do explosivo. Tanto o calendário quanto o explosivo não tinham mais de cinco centímetros de espessura. Ele abriu uma caixa de ferramentas na parte de trás da van e tirou um rolo de fita de alumínio fina e leve.

Ele disse a Misty, "Isto é fita adesiva de metal. É usado para remendar pequenos buracos em contêineres de transporte o suficiente para vedar a umidade. Deve segurar o calendário junto do explosivo."

Dexter e Megan vieram até a van enquanto Louie preparava o C-4.

"Pra que serve o calendário?", perguntou Misty.

Megan sorriu, assim como Dexter.

"Posso, Louie?" perguntou Megan.

Louie sorriu. "À vontade, querida."

Megan pegou o pacote e recuou a uma distância de um metro e meio, então o jogou na direção da porta da van, com as costas do calendário viradas para a van. O pacote explosivo atingiu a van e ficou grudado ali.

Misty estava impressionada.

"Veja, o lado magnético do calendário é forte o suficiente para suportar o peso do explosivo, e não precisamos nos aproximar para aplicá-lo", disse Louie.

Megan levou o pacote de volta para a van e inseriu um receptor sem fio no explosivo. Ela pegou o controle sem fio do detonador e se virou novamente.

"Pronta?" ela perguntou a Misty.

Misty assentiu enquanto falava. "Sim, mas vamos encontrar Marcus e dizer a ele o que está prestes a acontecer."

Quando encontraram Marcus e explicaram o que estavam prestes a tentar, ele ficou entusiasmado.

"Gente, eu não me importo se vocês explodirem o lugar em pedacinhos, contanto que isso liberte as pessoas", disse ele.

"Então, quem vai se aproximar da porta e jogar o explosivo nela?", perguntou Megan.

Todos olharam para Misty. Ela respirou fundo.

"Dexter, você é o mais rápido de nós", disse ela. "Você iria?"

"Claro!"

Dexter pegou o explosivo e caminhou até cerca de um metro e meio da porta de entrada. Ele julgou que aquela era uma distância segura, baseada no que Louie havia dito sobre as armas que guardavam a porta e jogou o tijolo explosivo na porta. Ele bateu na porta e ficou lá, mantido no lugar pelo ímã do calendário. Ele voltou e se escondeu com todos os outros.

Megan digitou o código final em seu controle sem fio e olhou para Misty.

"Pronta?" Megan perguntou.

Misty olhou em volta. Todo mundo estava a salvo da porta da frente do clube. Ela olhou para Dexter, que deu de ombros. Ela olhou para Louie. Ele assentiu. Ela olhou para Marcus. Ele assentiu.

"Vamos fazer isso", disse Misty em voz baixa, e depois prendeu a respiração.

Megan apertou o botão e o C-4 explodiu com um "WHUMPF" bastante alto. Fumaça subia pela porta de entrada, bloqueando a visão. Quando a fumaça clareou, ficou óbvio que, embora carbonizada em alguns lugares e um pouco amassada pela explosão, a porta permanecera no lugar.

"*MERDA*!", gritou Misty, batendo o pé.

"Ah, cara!", disse Louie em desgosto.

Megan parecia confusa. "Talvez um bloco maior de explosivo pudesse perfurar essa armadura. O que você acha, Dex?"

Dexter balançou a cabeça enquanto dizia, "Eu não sei, meu amor. Essa era uma carga bem grande".

Misty tinha congelado, seus pensamentos em alta velocidade.

Marcus disse, "Misty, você gostaria de tentar outra carga?"

"Megan", disse Misty lentamente. "O que você acabou de dizer?"

"Eu perguntei a Dexter o que ele pensava."

"Não, antes disso."

Pensando, Megan respondeu, "Eu disse que talvez um bloco maior de explosivo pudesse perfurar essa armadura".

Os olhos de Misty se iluminaram. "Megan, você é um gênio! Veja o que vamos fazer... Vá até a van e, se você trouxe tudo o que eu pedi, precisaremos..."

Capítulo 9

Dentro do clube, Joey esperava pacientemente pela chance de sair de seu esconderijo e executar sua própria vingança. Quando a explosão veio, foi bastante alta lá dentro. Ele esperou ouvir de Patty, Brandon ou Tony que a noz tinha sido quebrada.

Mas o comunicado, quando chegou, foi de que o clube não havia sido aberto.

Patty foi amável.

"Eu sinto muito, J-1", disse ela.

Fernandez, no entanto, recebeu a notícia quase com alegria.

"Então vejam, *señores y señoritas*, minha fortaleza não pode ser destruída por meros explosivos!" ele se gabou pelo sistema de som. "Vocês não vão sair até Esteban Fernandez dizer que saiam!"

Joey estava começando a acreditar nele.

"OK, DOIS GRUPOS DE três irão conduzir a busca. Três pessoas ficarão aqui na recepção. Os quatro restantes farão pares e protegerão as portas e elevadores, ficando à vista um do outro e da recepção. Alguma pergunta?", disse Jessica.

Ela olhou para o grupo. Mais dois estavam desaparecidos, mas haviam respondido a chamada. Isso a assustava. Dos vinte no prédio, só restavam treze. Sete estavam ou mortos ou desaparecidos.

Dos treze restantes, havia três funcionários da cafeteria e dois da manutenção. Isso deixava Jessica, Mark e seis soldados para procurar o prédio inteiro por um assassino... ou assassinos. Todos eles estavam armados e sabiam algumas habilidades de artes marciais. O conhecimento de artes marciais variava de pessoa para pessoa, mas todas eram boas com armas de fogo.

"Ouçam", ela continuou. "Não sabemos quem estamos procurando e não sabemos quantos. Com tão poucos de nós, vamos ter que cuidar um do outro e garantir que todos estejam cobertos. Não podemos perder mais ninguém. Está claro?"

Consentimentos de todos.

"Ok, Mark. Você permanecerá aqui na mesa para fazer telefonemas ou qualquer outra coisa que possa aparecer. Você," ela apontou para um dos funcionários da manutenção, depois para o outro, "e você, fiquem aqui e protejam Mark. Vocês três," ela apontou para os funcionários da cafeteria, "observem as portas das escadas e a área do elevador. Vou levar Teresa Jarrell e Mike Rychen, e Susan Reeves vai levar Sammy Moore e Don Commisky. Então, sobra Susie White", disse Jessica, apontando para a última uniformizada. "Susie, eu quero que você vigie o saguão aqui. Certifique-se de que ninguém se machuque ou deixe um invasoe escapar." Susie assentiu. "Ok, vamos lá, pessoal! Meu grupo ficará com o sexto andar e o grupo de Susan ficará no quinto. Por favor, ignorem a poeira dos meus móveis quando entrarem no meu apartamento."

Eles se espalharam, indo para as áreas de busca designadas. Na área do elevador, Jessica apertou a seta para cima. As portas se abriram imediatamente e as seis pessoas entraram. Alguém apertou os botões 5 e 6, e as portas se fecharam.

"Estejam prontos para qualquer coisa, pessoal. Teresa, Mike... deem cobertura a eles quando saírem do elevador", disse Jessica.

Jessica, Teresa e Mike prepararam suas armas, assim como Susan, Sammy e Don. No quinto andar, as portas se abriram, mostrando seis pessoas apontando suas armas para o corredor. Nada se movia.

"Ok, vão", disse Jessica. Susan, Sammy e Don saíram do elevador e se prepararam para investigar o andar. As portas se fecharam e o elevador subiu até o sexto andar. Mais uma vez, as portas se abriram, revelando nada à vista. Jessica e seus dois soldados saíram.

Os dois corredores estavam claros, do elevador até os lados do prédio. Todas as portas dos apartamentos à vista estavam fechadas. O sexto andar do prédio da Justo Segurança continha apartamentos residenciais dos sócios da empresa, embora Jessica tivesse escolhido um menor no quinto andar. Quando o grupo saiu do elevador, Teresa e Mike imediatamente viraram para a esquerda, armas prontas. Nada à vista.

O apartamento mais próximo ficava a poucos metros do longo corredor e a primeira porta à direita.

"O apartamento de Joey e Misty", disse Jessica. Enquanto os outros observavam o corredor, Jessica tentou a maçaneta. A porta estava trancada. Ela pegou o cartão e abriu a porta. Bateu no ombro de Mike para indicar que ele deveria entrar no apartamento com ela. Eles entraram no apartamento, examinando a sala completamente.

"Ok, Teresa", disse Jessica. "Entre, mas feche a porta atrás de você."

Teresa entrou no apartamento, mas de costas, mantendo a atenção no corredor do lado de fora. Uma vez do lado de dentro, ela fechou e trancou a porta.

"Ok, vamos ficar juntos. Vou abrir portas e coisas que parecem grandes o suficiente para esconder alguém. Mike, você me cobre e esteja pronto para atirar. Teresa, o seu trabalho é vigiar em volta para não sermos pegos de surpresa. Alguma pergunta?"

Não houve perguntas.

O armário do corredor à esquerda deles era a primeira parada. Jessica segurou a maçaneta, virou-a devagar e depois abriu a porta. Todas as três pessoas apontavam suas armas para... casacos, vestidos longos em plástico e um aspirador vertical. Ninguém.

Os três estavam prendendo a respiração, e soltaram o ar ao mesmo tempo com um grande 'ufa'.

"Eu só imagino a gente explicando a Misty por que enchemos o seu aspirador de tiros", disse Jessica. "Ainda bem que não fizemos nada."

Teresa e Mike riram nervosamente.

"Eu posso ver que isso vai demorar um pouco", disse Jessica. "Especialmente se fizermos da maneira correta." Ela olhou para os dois soldados. "Prontos, meninos?"

Eles assentiram.

OS HOMENS DE PRUETT carregaram o corpo de outro refém da passarela para algum lugar na parte de trás do clube. Este tinha sido um jovem. A voz de Fernandez veio novamente pelo sistema de som.

"Ninguém pode me trazer Joey Justo? Nenhum de vocês... apenas *um*... pode me dizer onde ele está escondido? Estou desapontado."

O prefeito Gould já estava farto e disse isso ao seu grupo.

"É hora de colocar um fim a esta confusão", disse ele indignado. Ele se levantou e endireitou o paletó. "Você vem comigo, Morris?"

Morris olhou para o prefeito. "Ir com você *aonde*, seu babaca egoísta?"

Um flash de raiva cruzou o rosto do prefeito. "*Lá* em cima, Morris! Na *passarela*! Salvar algumas vidas, ok?"

O vice-prefeito deu ao prefeito um olhar de descrença. Puxou o braço de Gould e quase o arrancou fora. "Venha cá, seu idiota pomposo!" Uma vez que eles estavam relativamente fora do alcance de todos, McIlwain soltou o braço de Gould. "Eu particularmente não gosto de você, Gould, mas também não quero ver você morrer."

"Do que diabos você está falando, McIllwain?"

"Eu sei que você está sujo, Gould. Você admitiu isso à repórter, pouco antes de ameaçar a vida dela. Eu sei que você acha que porque aceitou um pouco de dinheiro de Fernandez, isso faz você invencível. Mas, Glenn, *você está errado*! Algo assim não te faz imune! Isso faz de você um maldito alvo! Fernandez não se importa com quem você é, e ele não vai te escutar só porque você estava disposto a aceitar dinheiro dele!"

"O que diabos *você* sabe sobre isso, Morris? Você nunca levou um dólar sujo em sua vida! O que faz de você um especialista?"

McIllwain suspirou. "Porque Fernandez é *insano*, Glenn. Não importa para ele que você esteja na folha de pagamento. Ele vai pensar que está economizando dinheiro matando você! Eu só estou pedindo para você não fazer o que está pensando em fazer, ok?"

Gould ficou o mais reto que pôde e puxou o paletó para baixo novamente. "Argumento anotado... e rejeitado, Morris." Ele indicou a multidão com a mão. "Essas pessoas são *eleitores*, cara!" Ele balançou a cabeça. "Eu tenho que tentar."

Ele se virou e dirigiu-se para a passarela. Parecia que, em vez de bloqueá-lo, a multidão realmente se separou para permitir sua passagem. Morris observou quando ele se aproximou da passarela, atordoado demais para tentar intervir.

Gould, por outro lado, começou a falar assim que chegou perto de Pruett.

"Pruett!", disse ele, acenando com a mão. "Pruett! Eu preciso falar com você! Agora!"

Alguns dos guardas apontaram suas armas para o prefeito, mas Pruett encostou em seus braços e os abaixou.

"O que você quer, *se-nhor pre-fei-to*?", perguntou Pruett com uma voz zombeteira e cantada.

"Pelo amor de Deus, homem, leve-me até aí! Eu não vou gritar para todo mundo ouvir, vou?"

Pruett estudou Gould por um momento, depois assentiu para os guardas. Os homens desceram até o prefeito e o acompanharam até Pruett na passarela. O prefeito, não vendo onde pisava, escorregou no sangue no palco, e quase caiu. Foi necessária uma enorme concentração por parte dele para não vomitar.

"Pruett, eu preciso falar com *Señor* Fernandez."

"Eu posso ouvir você, *señor* prefeito", disse Fernandez através do sistema de som do clube. "Você pode falar livremente."

"Senhor, prefiro falar em particular", respondeu Gould. "Só você e eu, por favor."

"Mas é claro! Senor Pruett, por favor..."

"Sim, senhor!" disse Pruett.

TONY ARMSTRONG SE APROXIMOU de Steve.

"Você acha que sua pequena câmera pode focar o prefeito?"ele sussurrou.

Steve assentiu e mostrou a Tony que já estava gravando.

"É muito longe para captar o som?", perguntou Tony.

Steve sacudiu a cabeça.

Tony assentiu com compreensão. "Guarde essa câmera com sua vida, irmão. Tenho a sensação de que você vai conseguir a história da sua vida."

Steve assentiu.

PRUETT ENTREGOU UM celular ao prefeito.

"Agora, o que você gostaria de falar comigo, *señor* Gould?", perguntou Fernandez.

Gould virou as costas para a maioria das pessoas no fosso e falou baixo e firmemente ao telefone. "*Señor*, você tem que parar estas mortes! Não há como eu cobrir isso!"

"O que faz você pensar que eu quero que você cubra isso?"

Gould foi pego de surpresa.

"Você... mas...", ele gaguejou ao telefone.

"Eu vou fazer duas coisas esta noite, *señor*. Vou matar Joey Justo e *vou fazer sua cidade me temer!*"

"Mas, Esteban, você não pode..."

"*O quê*? Primeiro, você me diz para parar de matar, depois diz que eu não posso! Vamos deixar uma coisa *muito* clara para você, *señor*: *Não presuma que pode dizer o que eu posso e não posso fazer!* Estamos entendidos, prefeito?"

Gould inconscientemente endireitou sua postura. "Sim, *señor*."

"Uma última coisa, prefeito: *nunca* ouse me chamar pelo meu primeiro nome novamente."

"Sim, *señor*."

"Agora, devolva o telefone para Pruett."

Sem palavras, ele entregou o telefone. Pruett colocou-o no ouvido.

"Pruett? Você está aí?"

"Estou *señor* Fernandez."

"Mate-o. Agora."

Pruett conectou o celular especial ao sistema de som e olhou para Gould, que se virara para ele. Gould abriu a boca como se fosse falar alguma coisa quando o gerente do clube sacou a pistola e atirou no prefeito entre os olhos.

"OK, PESSOAL, PARECE que tudo está limpo aqui", disse Jessica. Eles tinham acabado de passar pelo próximo apartamento no sexto andar. Pertencia a Dexter e Megan.

"Tem certeza de que eles moram ali, Jessica?" perguntou Teresa. "Não parecia haver muito lá."

Jessica sorriu. "Isso é porque Dexter adotou em grande parte um estilo de vida oriental. Simplicidade e harmonia."

"Em todos os lugares, menos no quarto", resmungou Mike, que notara as cobertas desarrumadas na cama e as roupas no chão.

"Garanto, Mike. Você nunca teria visto isso se não estivéssemos procurando por um assassino", admoestou Jessica.

"Sim, senhora."

O grupo virou a esquina, preparando-se para entrar no apartamento de Louie. Jessica ainda estava falando.

"Lembre-se, não estamos entrando nessas áreas privadas para nosso entretenimento ou para descobrir qualquer 'sujeira'", disse ela. "Estamos fazendo isso para garantir a segurança do edifício. Então, qualquer coisa que você veja precisa ser mantida em... "

A cabeça de Mike Rychen retrocedeu e a frase de Jessica nunca terminou. Encaixada no centro da testa, estava uma estrela de arremesso, uma estrela de metal de cinco pontas, afiada como navalha. Apenas metade da estrela era visível. A outra metade estava dentro da cabeça de Mike e penetrara em seu cérebro. Ele deslizou lentamente para o chão. Teresa e Jessica imediatamente recuaram no canto.

"Puta merda!", gritou Teresa.

"Assassino no sexto andar, homem abatido! Repito, o assassino está no sexto andar e matou Mike Rychen!", gritou Jessica para o rádio. "Mark, você escuta?"

"Escuto, Jessica!", respondeu Mark.

"Aqui é a equipe dois", disse Donald Commisky, no rádio de Jessica. "A caminho para reforço agora!"

"*Droga*!" disse Jessica. "Este cara tem *habilidades*! Mas quem diabos é ele?"

Teresa estava soluçando baixinho enquanto olhava ao redor, com um olhar de terror no rosto. "Eu não quero morrer, Jessica."

"Nós não vamos, Teresa", respondeu Jessica, embora se perguntasse se era uma promessa que poderia cumprir. Ela já havia cometido um erro ao baixar a guarda quando dobraram a esquina para o apartamento de Louie, e agora Mike estava morto por causa disso. Precisava lembrar que esse assassino... ou assassinos... eram quase tão bons quanto Dexter, e que eles precisavam manter a atenção concentrada em todos os momentos.

Jessica percebeu um ruído que soava como "schploik" ao mesmo tempo em que sentia estar salpicada de um líquido quente. Ela se virou para Teresa a tempo de ver a mulher caindo no chão. Seu rosto explodira em Jessica quando a bala silenciosa penetrou pela parte de trás de sua cabeça. Jessica ergueu a pistola e disparou um tiro pelo corredor em direção ao ponto de onde a bala tinha vindo, e então virou rapidamente na esquina. Sua mente registrava que a porta de Louie estava a um metro de distância e ela tinha a chave. Ela também registrou que, se um intruso estava no corredor, havia uma boa chance de que nenhum estivesse no apartamento de Louie. Correu a curta distância. Na frente da porta, se atrapalhou no bolso até encontrar as chaves, depois teve alguns segundos tensos em que não conseguiu colocar a chave na fechadura. Finalmente, a chave deslizou e a porta se abriu. Ela bateu a porta atrás de si e a trancou. Nesse momento, uma faca jogada se alojou na porta, a cinco centímetros de Jessica. Quando a faca "penetrou" na porta, Jessica soltou um pequeno grito de surpresa. Apontou sua pistola diretamente para o local onde a faca entrara. Ela estava quase hiperventilando.

A faca já não estava na porta.

Jessica não podia acreditar. Ela estava olhando diretamente para ela, e não a viu se mexer, mas desaparecera.

Jessica pegou seu rádio.

"Equipe dois, equipe dois, o assassino matou Teresa. Estou presa dentro do apartamento de Louie. Tomem muito cuidado ao entrar no sexto andar", disse ela no transmissor. "Mark, você escutou?"

"Sim, Jessica", ele respondeu calmamente. "Quais são as instruções?"

"Simples. Fique vivo."

"ISSO NÃO VAI FUNCIONAR."

"Claro que vai."

"Misty, eu estou lhe dizendo: se o C-4 não funcionou, isso não vai funcionar", disse Louie.

"Eu acho que você está errado, grandão", disse Megan.

"Podemos pelo menos tentar", disse Dexter.

"Posso registrar uma preocupação?", perguntou Marcus. "Disparar uma bazuca nos limites da cidade geralmente é desaprovado."

"Não é uma bazuca, Marcus", disse Misty. "É um lançador de foguetes. Dexter usou isso em Fernandez antes."

"Sim, mas não funcionou, lembra?", disse Dexter.

"E isso não vai funcionar agora!", disse Louie. "Do que quer que essa armadura seja feita não vai nem corar com essa coisa, muito menos abrir!"

"E se essa coisa explodir antes de voar?", perguntou Marcus.

Misty balançou a cabeça. "*Não vai*. Caramba, pessoal, deixem-me pelo menos tentar!"

Os outros quatro entreolharam-se. Dexter deu de ombros e disse, "Vá em frente, Misty".

"Antes disso, você se importa se eu pelo menos limpar o estacionamento?", perguntou Marcus.

Misty suspirou. "Claro, Marcus. Se isso faz você se sentir melhor."

BRANDON FICOU AO LADO de Tony.

"Chefe", disse ele.

"Hum-hum", respondeu Tony.

"Por que não pegamos os bandidos agora? Quer dizer, nós temos metralhadoras, e as chances são muito pequenas de que eles até mesmo consigam atirar em nós, muito menos acertar todos nós".

Tony considerou. *O garoto pode estar certo*, ele pensou consigo mesmo. *Se os pegássemos com a guarda abaixada só um pouquinho...*

"Deixe-me pensar sobre isso um pouco, garoto", disse ele para Brandon. "Pode ser uma boa ideia."

Brandon sorriu.

Tony avaliou a ideia em sua mente. *Pode ser apenas o que precisamos... então o chefe pode sair de seu esconderijo e...*

"OK, PODE DISPARAR", disse Marcus. "Todo mundo está na parte de trás do clube... exceto nós, é claro."

"Obrigado, Marcus", disse Misty. Ela levou o lançador de foguetes para o ombro e apontou. "Preparem-se todos! Fogo!"

Misty puxou o gatilho. O foguete voou até a entrada do clube, bateu nela e ricocheteou para o estacionamento, enterrando-se no pneu traseiro direito do furgão da empresa. Ele explodiu e detonou o C-4 restante, tornando-se uma explosão ainda maior. O que restava da van queimava alegremente até que os bombeiros correram da parte de trás do clube e começaram a jogar água nas chamas.

"Eu não acredito", disse Louie em voz baixa. "Você é tão ruim quanto Joey, explodindo as coisas por acidente!" Seus olhos deixaram a van e se concentraram em Misty. Ele apontou para o fogo e disse, "Essa era nossa porra de *van*, garota! E você explodiu *tudo*!"

Dexter começou a sacudir a cabeça enquanto olhava para o chão. Megan começou a rir.

"Você está vendo essa merda, Dex? Ela explodiu tudo direitinho!"

Apenas Marcus notou a lágrima quando viu o olho de Misty.

"Merda. É como se Joey estivesse fazendo isso por controle remoto ou algo assim."Louie se virou para Misty novamente. "Eu sei que é divertido explodir as coisas, mas você tem que..." Ele parou, porque também notou a lágrima. "Ah, merda, Misty, me desculpe, garota."

Megan e Dexter se viraram e notaram a lágrima.

Misty abaixara o lançador de foguetes e enxugou o olho com as costas da mão.

"Me desculpem, pessoal", disse ela. "Vocês não entendem. Tudo o que eu quero é tirar meu homem de lá em segurança." Ela olhou para o grupo. "Ele me pediu em casamento." Ela limpou o outro olho. "Finalmente, ele pediu. Ele *me* ama e quer que eu seja sua *esposa*. Não apenas a garota com quem ele vive... não, ele quer que eu seja sua esposa." Ela jogou o lançador de foguetes no chão com desgosto. "E agora, por causa desse *babaca* louco, meu homem pode ser levado a qualquer momento, e eu não sei se posso lidar com isso. Eu só quero Joey *fora* de lá, e eu quero ele em meus braços, e eu quero ele fora *agora*!" Ela começou a chorar. "Ele... ele é tudo que tenho. Ele me *ama*." Ela cruzou os braços sobre os joelhos e chorou baixinho.

Louie e Dexter olharam para o chão timidamente. Marcus se ajoelhou ao lado dela e colocou o braço em volta do seu ombro. Megan se ajoelhou na frente e colocou as mãos nos braços de Misty.

"Querida, nós vamos tirá-lo. Nós simplesmente não achamos a coisa certa para perfurar essa armadura", disse Megan.

Marcus disse, "Você me disse uma vez que tinham feito um trabalho secreto para a CIA e outras coisas super secretas. Eu conheço vocês, e sei que *devem* ter guardado algumas coisas dessas missões! Você me disse que muito do seu equipamento era melhor do que o que o *FBI* usa. E agora me diz que não há *nada* nos níveis mais baixos daquele prédio que possa tirar a armadura do bastardo mexicano?"

Os olhos de Louie de repente se arregalaram. Ele levantou a cabeça e agarrou o braço de Dexter.

"Dex!" ele disse animadamente. "Nós temos aquele..."

"Eu *sei*!" interrompeu Dexter. "Isso vai servir muito bem!"

Marcus olhou para eles. "Do que vocês está falando?"

Megan de repente sorriu. "Eu acho que sei do que eles estão falando, e isso pode ser a coisa!"

Louie disse, "Marcus, podemos emprestar seu carro? Veja, Dex e Megan vieram comigo na van e..." Ele gesticulou em direção ao veículo em chamas, agora sendo encharcado com água.

Marcus sorriu e jogou as chaves para eles. "Dirija com cuidado, por favor. É um carro do FBI."

"JESSICA, VOCÊ ESCUTA?"

Jessica se sentou no chão do apartamento de Louie, de costas para um sofá que ficava a um metro e meio de distância da porta e que dava para a sala de estar. Ela ainda estava salpicada com o sangue de Teresa, e estava quase entrando em choque. Seus braços estavam flácidos ao lado do corpo, a arma em uma mão e o rádio na outra. Seus olhos estavam olhando para a fenda onde estivera a faca, mas estavam muito longe. Sua mente continuava remoendo tudo o que acontecera nos últimos minutos.

Dez pessoas. Isso é tudo o que resta das vinte que estavam aqui. Eu baguncei tudo e deixei todos serem mortos. Eu ainda não peguei o assassino. Eu nem sei quem é. Não tive nem um vislumbre dele. Tudo o que consegui descobrir é que ele é muito, muito bom... muito melhor que eu. Eu realmente preciso de Dexter, ou

Megan, para me ajudar, mas não posso nem pensar em ligar para eles. Eu vou levantar e pegar esse assassino! Eu preciso descansar primeiro... só por um minuto...

"Jessica!" disse a voz sussurrada com urgência. "Você ecuta? Aqui é Donald e a equipe dois. Estamos bem do lado de fora da porta de Louie. Você me ouve, Jessica?"

Os olhos de Jessica se concentraram de repente e ela levou o rádio à boca.

"Estou aqui! Só um minuto, vou abrir a porta."

Jessica se levantou e abriu a porta. Um por um, o time dois entrou no apartamento. Ela bateu e trancou a porta e se voltou para a equipe.

"Vocês estão bem? Algum de vocês está ferido?" perguntou Jessica animadamente.

Sam olhou para Jessica. "Estamos bem, Jessica. Nós vimos Teresa e Mike. *Você* está bem?"

Jessica assentiu. "Estou bem, por que você pergunta?"

Os três trocaram olhares.

Susan disse calmamente, "Você já se olhou no espelho?"

Jessica olhou para eles com curiosidade até que percebeu. Ela correu para o banheiro de Louie e acendeu a luz.

O espelho refletia uma imagem que pertencia a um de seus filmes de terror. O lado esquerdo da cabeça estava coberto de sangue salpicado e pedaços de massa cinzenta que só podiam ser partes do cérebro de Teresa. A córnea do olho de Teresa repousava no seu ombro esquerdo.

Jessica abriu a boca para gritar, mas não conseguiu emitir nenhum som. Ela então subitamente vomitou com tanta força na pia de porcelana que seu vômito espirrou nas laterais.

Capítulo 10

"Me dê seu rádio por alguns minutos. Tenho que esclarecer algumas coisas com o chefe antes de partirmos para a ideia de Brandon", disse Tony para Patty.

Sem palavras, e com um leve sorriso no rosto, Patty entregou o rádio ao supervisor.

"Vou ao banheiro. Volto em um minuto", ele disse a ela. Tony olhou para Steve e Miriam. "Patty, atualize-os, ok? Certifique-se de que Miriam possa lidar com o que terá que fazer."

"Sim senhor."

Tony acenou para Steve, acenou para Brandon e foi ao banheiro. Uma vez lá dentro, ele ligou o rádio.

"J-1, aqui é T-1. Na escuta? Clique se você me ouve."

O rádio clicou imediatamente.

"J-1, estamos em posição de pegar todos esses capangas de surpresa. Há cinco, repito, cinco de nós, totalmente armados e em posição. Com a sua aprovação, vamos esperar pelo meu sinal e pegar esses bastardos o mais rápido que pudermos. A passarela está entre nós e uns três capangas. Quando você nos ouvir abrir fogo, saia do seu esconderijo e mate esses três homens. Agora, você sabe que eu *não* arriscaria isso se houvesse outro jeito, mas eu realmente acho que podemos pegar esses caras com as calças abaixadas. Temos a sua aprovação, senhor?"

Houve vários segundos de silêncio.

"T-1, aqui é J-1. Mande esses bastardos para o inferno em sua primeira e melhor oportunidade. Se houver alguma maneira possível, o maldito Pruett é *meu*!"

"Entendido, senhor. Por favor, fique preparado."

"OH. MEU. DEUS", DISSE Misty devagar. "Megan, o que eles estão fazendo? Eles podem ser mortos!"

"Querida, é o trabalho deles", respondeu Megan. "Eles têm que fazer algo para salvar vidas. Se você estivesse lá, provavelmente faria as mesmas escolhas."

Marcus disse, "Eu queria saber quem está ajudando. Tony disse que há cinco deles, e que estão armados e em posição de pegá-los de surpresa. Pelas minhas contas, com Joey escondido e Crowe morto, resta apenas Tony, Patty e Brandon. Quem são os números quatro e cinco?"

Misty pareceu intrigada. "Uau! Você está certo, Marcus!"

"Poderia ser o prefeito?" perguntou Megan.

Marcus bufou. "Você pode contar com zero ajuda daquele lá, a menos que isso o beneficie diretamente."

JESSICA TOMARA UM BANHO rápido no banheiro de Louie. Quando saiu, secando o cabelo, ela se fez de forte e fez algumas perguntas.

"Ok, vocês viram algum sinal do assassino?"

"Nós vimos Jeff. Vimos onde atiraram em você. Nenhum sinal do assassino, no entanto", respondeu Susan.

"Até que ponto vocês conseguiram verificar os apartamentos?"

Sammy respondeu essa. "Tínhamos acabado de terminar quando você chamou."

"É fácil verificar apartamentos vazios", acrescentou Donald.

"Encontramos alguns explosivos, no entanto", disse Susan. "Os fusíveis eram eletrônicos e muito simples. Nós os desativamos."

Jessica ficou por um momento perdida em pensamentos. "Vocês viram alguém quando subiram aqui?"

"Não, senhora," respondeu Susan.

"Como vieram? Escadas ou elevador?"

"Escadas. No entanto, podíamos ouvir o elevador passando por nós", respondeu Susan.

"Nós achamos que ele estava em uma configuração automática para descer para algum lugar abaixo", disse Sammy.

Os olhos de Jessica se arregalaram.

"É *isso*!" Ela disse rapidamente. "O assassino sabia que vocês usariam as escadas, então pegou o elevador! *Vamos*!"

Jessica liderou o caminho, abrindo a porta do apartamento e correndo pelo corredor até o elevador. Os outros estavam logo atrás dela, com as armas desembainhadas. Jessica derrapou até parar em frente ao elevador e olhou para o indicador de andar acima da porta.

Tinha parado no "2".

Talvez nada. Mas, se fosse eu, pegaria o elevador para o segundo e as escadas até o saguão, então eu tiraria... Oh, Deus!

Jessica pegou o rádio e falou.

"Mark! O assassino pode estar no primeiro andar com vocês! Você está bem?"

Alguns segundos de silêncio aumentaram sua preocupação. Quando ouviu uma resposta, quase gritou de alívio.

Jessica, aqui é Mark. O assassino feriu ou matou todos neste andar. Minha posição é atrás da mesa, e estou atirando de volta, mas não consigo uma visão clara. Eu certamente gostaria de reforço."

"Mark, eu estou com a equipe dois. Estamos a caminho. Ela se virou para os três soldados enquanto apertava o botão do elevador. "Aqui está o que faremos, pessoal: quando chegarmos ao térreo, corremos o mais rápido possível até a recepção para ajudar Mark. Então, vamos pedir reforço para os rapazes no clube".

"Parece bom, senhora", respondeu Susan. "Vamos chutar alguns traseiros!"

"EI, ONDE ESTÁ MARK?", perguntou Dexter. "Eu não o vejo."

Louie e Dexter haviam percorrido de carro a frente do prédio da Justo Segurança para que pudessem conferir o saguão. De sua posição, não conseguiam ver as poucas pessoas que estavam deitadas no chão em diferentes pontos do saguão, todas mortas ou feridas.

Louie checava a recepção também, quando viu de relance um pedacinho da mesa voando. Foi uma coisa rápida, vista com o canto do olho, mas ele disse, "Vamos estacionar e ir até o saguão bem devagar, ok?"

"Certo. Eu prefiro prevenir do que remediar", respondeu Dexter, quando virou para a entrada de carros que levava aos níveis subterrâneos.

O ELEVADOR PAROU NO térreo. Todas as quatro pessoas lá dentro se prepararam para a corrida louca até a mesa do saguão.

"Antes de as portas se abrirem, eu só queria dizer que estou muito orgulhosa da maneira como vocês se destacaram esta noite", disse Jessica.

Antes que os três soldados pudessem responder, as portas se abriram. Como a mesa ficava em frente ao elevador, era uma corrida direta até a posição de Mark.

Jessica começou a correr com um longo grito, "aaaaaaaaaAAAAAHHHHHHH." Susan, Sammy e Donald se juntaram a ela.

Enquanto corriam, um buraco apareceu na cabeça de Donald e ele caiu no chão, seguido por Sammy. Os tiros ressoavam enquanto Jessica e Susan começaram a correr em zigue-zague, tentando evitar serem baleadas também. Susan levou uma bala no peito e caiu na frente da mesa. Jessica mergulhou sobre a mesa, e um tiro roçou seu braço, fazendo com que ela deixasse a arma cair no chão atrás da mesa. Mark agarrou-a enquanto ela mergulhava e suavizou sua queda o máximo que pode.

"Mark, onde está o atirador?"

"Atrás do fosso do elevador."

Jessica notou que Mark havia sido ferido nas duas coxas.

Ela a viu olhando. "A bala atravessou uma perna e entrou na outra. Não saiu". Ele olhou para o machucado dela. "Parece que você pode ter uma cicatriz para contar ao seu namorado também."

Jessica começou a rir, então Mark também. Jessica parou de rir quando uma ideia passou pela sua cabeça.

"*Namorado... namorado...* Mark, o que aconteceu com a namorada de Louie? Ela saiu?"

Mark pensou seriamente, tentando lembrar a seqüência de eventos.

"Jessica, eu não tenho certeza."

"Você não acha que..." *Não poderia ser... poderia?*

Jessica agarrou o braço de Mark com uma mão enquanto fazia com a outra um gesto de 'pare'.

"Donna?", disse Jessica em voz alta. "Existe alguma maneira de podermos conversar sobre tudo isso?"

Houve quase um minuto inteiro de silêncio, com Jessica e Mark trocando olhares.

Uma voz calma disse, "Como você soube?"

"Honestamente? Um bom palpite", respondeu Jessica. "Posso ficar de pé, Donna?"

Silêncio por alguns segundos. "Sim."

"Promete não me matar?"

"Por enquanto, sim."

"Bom o bastante", disse Jessica. Usando os sinais manuais especialmente desenvolvidos pela Justo Segurança, ela deu a Mark algumas instruções.

Jessica respirou fundo e levantou, olhando para os elevadores.

Donna havia tirado a máscara de esqui e estava a cerca de seis metros da mesa da recepção. Ela segurava uma faca de arremesso em cada mão e uma pistola Glock em um coldre no quadril direito. Havia uma faca de caça de aparência perversa em uma bainha no quadril esquerdo. Ela parecia calma. Vestia uma calça de moletom e uma camiseta, com uma jaqueta com capuz que estava aberta. Havia respingos de sangue na jaqueta e nas calças. Ela também usava o que parecia serem luvas de látex suaves e justas.

Jessica quase engasgou quando viu os respingos de sangue. Então a realidade se sobressaiu: aquela mulher havia matado ou ferido vinte pessoas, em um curto espaço de tempo, e plantado explosivos no quinto andar, presumivelmente para destruir o nível superior do edifício. Os olhos de Jessica se estreitaram para a mulher. Era tudo o que ela podia fazer para se conter e evitar tentar atirar em Donna.

"Então, o que você quer saber, Jessica?", disse Donna provocativamente. "Por quê? Essa é geralmente a grande questão."

"É um começo", disse Jessica secamente.

Donna deu alguns passos à frente, o que a afastou dos elevadores e das escadas. "Recebi ordens", ela respondeu. "Esteban Fernandez queria que isso fosse um ataque em duas frentes. Seu pensamento era eliminar a cabeça - que será Joey - e matar tantos funcionários e causar tantos danos ao prédio, para que a Justo Segurança não exista mais." Ela deu mais um passo à frente, mãos casualmente ao lado do corpo. "A idéia dos explosivos foi dele. Ele especificou o quinto andar, porque derrubaria o sexto também... e talvez colapsaria todo o edifício, como as Torres Gêmeas em Nova York." Ela olhou para Jessica, uma pequena expressão de dor no rosto. "Matar essas pessoas não me deixa muito elegante... mas definitivamente é melhor eles do que eu."

Mark, seguindo as ordens de Jessica, estava transmitindo cada palavra pelo rádio. Microfones sensíveis no saguão captavam cada palavra, e câmeras bem colocadas registravam tudo. O feed do sistema de segurança estava ligado à placa de radiodifusão na mesa central. Tudo o que Mark precisou fazer foi ligar um par de interruptores, e o áudio estava sendo transmitido através da cidade. Todos os funcionários com um rádio o captavam.

A mente de Jessica estava se recuperando das observações de Donna. "Fernandez? Mas eu pensei... você conheceu Louie... eu não entendo!"

Donna riu. "Eu planejei para encontrar Louie. Quando você é uma modelo famosa, pode fazer coisas desse tipo. Eu percebi que, como o único homem solteiro na empresa, ele seria o ponto mais fácil. Eu tinha razão."

"Mas... Fernandez?"

"Eu me meti em um pequeno problema há alguns anos durante uma sessão de fotos no México. Alguns colegas resolveram usar drogas e me convidaram. Eu fui presa. Por causa da minha 'aparência clássica', algumas mulheres na prisão me disseram o que eu poderia esperar dos carcereiros e dos guardas da prisão. Esteban ofereceu-se para me 'soltar' e disse que, se eu quisesse agradecê-lo adequadamente, concordaria em aprender algumas habilidades especiais que me ajudariam a realizar alguns 'favores pessoais' para ele de tempos em tempos. Eu fui treinada por um mestre de artes marciais oriental."

"Foi o Mestre Li Ke?", veio uma voz atrás dela. "Não tão bom quanto o Mestre Kim Po, que me treinou, mas reconheço seu trabalho."

Donna congelou. Não houve nenhum som atrás dela que pudesse ter chamado sua atenção. "Dexter. Que bom você se juntar a nós!"

"Não só Dexter, baby", disse outra voz que ela conhecia muito bem. "Por que você não se entrega? Eu realmente não quero ter que atirar em você."

"Louie, meu amor! Eu realmente acho que você não quer atirar... mas vai querer!" Enquanto dizia as últimas palavras, ela se virou e jogou duas facas tão forte e tão rápido quanto pode onde Louie estava de pé. Ela foi certeira e as facas voavam diretamente para o alvo.

Dexter mergulhou na frente de seu amigo e pegou as duas facas enquanto passava por Louie e aterrissava no chão. Louie disparou dois tiros. O primeiro acertou Donna no ombro, e não teria sido fatal, se não a tivesse virado de modo que a segunda bala entrou através de seu outro braço e lhe atravessou o peito. Penetrou em seu pulmão e Donna desabou no chão.

Jessica subiu na mesa, falando enquanto subia. "Mark, chame ambulâncias e assistência médica! Se o doutor Bishop achar que pode sair do clube, diga a ele que precisamos dele aqui. Dexter, você e Louie me ajudam a ver se alguém ainda está vivo? Se estiverem, eles estarão neste andar!"

Dexter se afastou para começar a checar as pessoas. Jessica se moveu na direção oposta.

Louie só ficou no lugar, com os braços ao lado do corpo, a arma ainda na mão, olhando para Donna. Depois de alguns momentos, ele começou a se mover lentamente em direção a ela. Ao lado dela, se ajoelhou. Uma lágrima se formou no canto de um olho e se moveu lentamente pela bochecha. Ele não viu Jessica enquanto ela se aproximava.

Quando Louie fungou, Donna tirou a faca de caça da bainha e virou-a para enterrá-la nele. Louie, que havia treinado durante anos sob a tutela de Dexter, deixou os reflexos tomarem conta e virou de lado. Donna enfiou o cabo da faca no braço esquerdo dele, em vez de enterrá-la no peito.

De repente, a cabeça de Donna virou bruscamente para trás e bateu no chão. O som do tiro ecoou alto no saguão.

Jessica ficou com a mão armada estendida em direção a Donna.

"Cadela", disse Jessica. Então se voltou para Louie. "Devo retirar a faca, grandão?"

Louie, obviamente com dor, respondeu com os dentes cerrados, "Não, Jessie, apenas deixe aí. Se puxar pra fora, vai sangrar mais. Eu posso esperar pelo doutor Bishop."

Jessica assentiu, depois sentou-se sem graça no chão. Ela cutucou Donna com sua arma. "Eu me pergunto por que ela pensou que desistir de amor e de amizade era a melhor escolha?"

Dexter apareceu atrás deles. "Talvez ela tenha visto como Fernandez mata. Todos vimos quando ele nos enviou a cabeça de Patti Hoehn... lembram?"

Jessica olhou para Dexter. "Você encontrou alguém vivo?"

Dexter sacudiu a cabeça. "Só você e Mark."

Os olhos de Jessica se encheram de lágrimas e ela soltou um soluço. Não pode evitar.

Louie colocou o braço bom ao redor do ombro de Jessica. "Eu sei, Jessie. Eu sei."

Depois de um momento, Dexter disse, "Pessoal, um de nós ainda precisa conseguir aquela coisa para abrir o clube e acabar com eles." Ele se agachou ao lado dos dois. "Louie está obviamente fora de questão, Jess... resta eu. Ou você, se você quiser fazer isso. De fato, acho que *deveria* ser você... eu gostaria que todas as pessoas lá vissem que nossas garotas sabem chutar alguns traseiros muito bem!"

Louie olhou para Dexter. "Sabe, eu acho que você está certo, velho amigo. Deveria ser a Jessica. Você e eu podemos ficar aqui e esperar. Jessica pode informar Marcus - ele vai manter a polícia interferindo apenas o necessário."

"Do que vocês estão falando?"

"Bem, Jessie, isso envolve um pouco de direção criativa. E algum peso", disse Dexter.

"Direção? Eu posso dirigir qualquer coisa que tenha rodas!" respondeu Jessica.

"Sim, garota, mas e se tiver esteiras?", perguntou Louie.

Capítulo 11

"M-1, na escuta?" disse Dexter no rádio.

"Aqui é M-1, D-1. Estou escutando. Como estão todos? O que aconteceu?" respondeu Misty.

"Explicações depois, Misty. Jessie está a caminho com o que combinamos. Pode demorar alguns minutos para chegar aí. Tivemos que carregar algumas coisas."

Confusa, Misty respondeu, "Entendido, Dexter. Tempo estimado?"

"Cerca de dez minutos", veio a resposta. "Alguém pediu ao doutor Bishop para vir ao prédio?"

"Ele está a caminho, Dex... Marcus tem pessoal vindo para lidar com o que aconteceu aí. Ele alegou jurisdição federal."

"Entendido, Misty. Agora é com vocês, garotas. Megan está por aí?"

"Bem aqui, maridão."

"Deixe Jessica cuidar da porta. Ela precisa desse alívio agora, ok?"

"Dexter, querido, o que ela está trazendo?" perguntou Megan.

"Você vai ver, doce Megan. Ei, eu tenho que ir - alguns federais estão na porta da frente. Eu amo você", disse Dexter.

"Eu também te amo, querido", transmitiu Megan.

"*Señor* Pruett, por favor, pegue o telefone. Eu preciso falar com você", disse Fernandez, no sistema de som.

Pruett pegou o telefone e disse, "Sim, senhor?" Ele começou a andar de um lado para o outro enquanto falava.

Tony notou que a maioria dos guardas estava distraído e pareciam entediados. Eles já estavam de pé por algumas horas e a inatividade os estava aborrecendo.

Bem, é agora ou nunca, eu acho.

Tony foi até Steve e Miriam. "Chegou a hora... Miriam, você consegue fazer isso?"

Miriam assentiu. "Sim. Definitivamente."

Tony olhou para Steve, que assentiu levemente. "Ótimo. Vocês dois se preparem", disse Tony.

Tony, em seguida, chamou a atenção de Patty, que cutucou Brandon. Usando sinais de mão, ele lhes disse para escolher seus alvos - a hora era agora. Ambos se viraram e apontaram suas armas.

Tony se moveu para a direita, basicamente formando uma linha de cinco homens ao longo da borda do fosso, cada um deles mirando guardas ao longo do perímetro.

"*Agora!*", gritou Tony.

Quando os cinco atiraram e derrubaram a maioria dos guardas, Joey Justo saltou de seu esconderijo no fosso. Ele estava se escondendo dentro de um dos enormes alto-falantes. Quando saiu, a parte de trás do alto-falante caiu no chão. Joey pisou nela, olhou para cima e viu três guardas com armas prontas. Movendo-se em direção a eles, disparou um único tiro em cada um, derrubando-os com um tiro na cabeça. Ele continuou subindo as escadas até a borda do fosso, enquanto os guardas restantes iam caindo e o grupo de Tony parava de atirar.

Nenhum dos guardas permanecera de pé.

Pruett fora protegido no início do tiroteio por dois guardas. Ele imediatamente começou a correr em direção ao seu escritório no final do corredor, e não olhou para trás. Era hora de sair de cena!

Joey registrou que Pruett estava fugindo, mas como o prédio ainda estava fechado, ele não se preocupou com a fuga do gerente. As pessoas só então começaram a gritar, chorar e fazer barulho.

"*Pessoal! Gente! ESCUTEM, por favor!*" gritava Joey. A multidão começou a se acalmar um pouco, ajudada por pessoas na platéia que reconheciam Joey. "Pessoal, estamos todos a salvo... no momento." Ele apontou através da pista para Tony e seu grupo. "Graças a essas cinco pessoas bem ali. Três deles trabalham para mim: Tony Armstrong, Patty Ferguson e Brandon King. As outras duas são Miriam Apple, do Canal 7, e Steve, seu cinegrafista. Essas pessoas acertaram os guardas e aliviaram a pressão que estávamos enfrentando. O vice-prefeito está aqui?"

Morris McIllwain levantou-se. "Bem aqui, Joey!"

"Morris, eu acho que você é o prefeito da cidade agora. Você poderia dizer para as pessoas que elas estão seguras agora? Eu preciso pegar o gerente desse lugar!"

McIllwain acenou para Joey. "Com a ajuda do seu pessoal, acredito que está tudo sob controle! Vai!"

Joey gritou para Tony, "Avise Misty que estamos bem aqui agora, e que o objetivo principal é encontrar uma maneira de nos tirar daqui! Eu voltarei!"

Joey correu atrás de Ray Pruett com um olhar assassino no rosto.

Depois que falou com Misty, Tony foi até Miriam e Steve. Ele olhou para Miriam até ela encontrar seus olhos.

"Você está bem?" ele perguntou.

Lentamente, como se estivesse decidindo, ela assentiu. "Estou bem, Tony". Ela gesticulou para os guardas. "Eram eles ou eu." Ela olhou para Steve e depois para Tony. Lentamente, Miriam abriu um sorriso. "Que bom que fui eu. Eu tenho uma vida maravilhosa... e a maior notícia exclusiva que você já viu em sua vida! Se eu não ganhar o Pulitzer por ela, nunca vou ganhar!"

Tony sorriu para ela e então acenou para Steve. "Bom trabalho, soldado."

Steve sorriu de volta.

MEGAN PASSOU OS BRAÇOS ao redor de Misty depois que Tony se despediu e as duas mulheres choraram de alívio.

"Oh, Misty, eu *sabia* que eles conseguiriam! Agora só temos que tirá-los de lá", disse Megan.

"Megan", respondeu Misty através de soluços, "Eu o amo muito! Acho que não aguentaria se ele se machucasse... ou morresse!"

Marcus estava em seu celular. "Não pare nem atrapalhe a senhorita Queen de forma nenhuma, entendeu? Dê a ela uma escolta policial se for necessário - apenas certifique-se de que ela chegue aqui!" Ele desligou e riu para si mesmo. Virou-se para Misty e Megan. "Jessica está a cerca de dois quarteirões de distância. Ela estará aqui em alguns minutos".

Misty olhou intrigada enquanto limpava o nariz com um lenço de papel. "Por que você está rindo, Marcus?"

Marcus sorriu para a amiga. "Você vai ver, querida... você vai ver."

PRUETT SE TRANCARA em seu escritório.

Joey pretendia arrombar, mas teve outro pensamento. *Se ele está aí, não há nada que possa fazer. Nós o temos encurralado agora. Quando vi o escritório pela primeira vez, percebi que não havia janelas e apenas uma porta. Ele não vai a lugar nenhum!*

Joey pegou seu rádio. "Tony, na escuta?"

"Sim, senhor", veio a resposta imediata.

"Se você puder dispensar Patty e Brandon, eu gostaria que eles ficassem na porta do escritório de Pruett. Ele se trancou por dentro, e quero ter certeza de que não saia",

"Imediatamente, Joey."

Joey sorriu. *Pobre Pruett. Quando o prendermos, Fernandez o matará na cadeia para que ele nunca tenha que falar. Se eu não o matar primeiro.*

"Joey?", disse seu rádio.

"Vá em frente, Misty." Ele levantou o rádio novamente. "Eu te amo, baby".

Joey podia ouvir o sorriso em sua voz. "Eu também te amo, Joey. Jessica acaba de chegar na entrada do estacionamento. Acho que ela trouxe o que precisamos para tirar vocês daí".

"O que ela trouxe?"

"Ela trouxe o tanque."

LOUIE TINHA DITO A Jessica que dirigir o tanque era como dirigir uma escavadeira.

"Já dirigiu alguma máquina grande?", perguntou ele.

Jessica olhou para ele. "Oh, todo *dia*", ela respondeu asperamente. "É o trabalho dos meus *sonhos*, Louie!" Então a percepção das pessoas que ela perdeu a atingiu brevemente. "Oh, Deus, Percival, é o trabalho que eu preciso... pelo menos não vou deixar mais ninguém ser morto daquele jeito", disse ela através das lágrimas.

Louie balançou a cabeça e a abraçou por alguns instantes até que ela se controlasse. "Jess", disse ele. "Você não precisa fazer isso. Dex pode levar o tanque, e você pode ficar aqui. Eles vão querer falar com você, de qualquer maneira."

Jessica se afastou dele. "Não! Eu posso fazer isso! Eu *tenho* que fazer isso!"

Louie assentiu. "OK. Agora, eu não posso entrar nessa coisa, então vou pedir ao Dex para te mostrar o que você precisa saber."

Dex deu a ela um breve resumo da direção e depois apontou para as munições usadas no canhão do tanque. Havia cinco.

"Elas são pesadas, Jess", dissera Dexter. "Eu realmente duvido que você precise de mais de um, mas, se precisar, há mais cinco aí." E ele apontou para um rack dentro da torre que abrigava as munições. "Elas são tremendamente pesadas, então você precisará de ajuda para levantar, se precisar usar mais de uma."

Jessica conduziu o tanque para fora da garagem subterrânea. A entrada mal dava passagem ao tanque, com apenas alguns centímetros de sobra em cima e dos lados. Ela derrubou um pedaço do portão que não tinha levantado a tempo, mas então estava do lado de fora. Quando saía do prédio, virou rapidamente e acelerou para o carro do FBI estacionado do lado de fora, mas rapidamente pegou o jeito de dirigir o enorme veículo de artilharia.

Louie tinha conseguido que os homens do FBI providenciassem uma escolta para o tanque, com sirenes e luzes. Eles não pararam em nenhum semáforo, e muitos motoristas pararam de gritar, buzinar e balançar os punhos quando viram por que o tráfego havia parado.

Jessica parou no meio da entrada do clube, abriu a porta de acesso do tanque e esticou a cabeça para fora, acenando com a mão.

"Misty! Megan! Aqui!"

Jessica viu Misty falar no rádio e começar a andar até o tanque. Megan pegou Marcus e os três pararam ao lado de uma das grandes esteiras.

"Armas legais", disse Marcus, com olhos revirados.

"Ah, cale a boca, Marcus, e ajude-as a subir aqui!", respondeu Jessica.

Marcus impulsionou Megan primeiro, depois Misty. Uma vez que estavam a bordo, Marcus subiu e entrou.

"Espaçoso", ele comentou.

Jessica puxou Misty para os controles. "Olha, Misty, eu sei que Dexter acha que deveria ser eu a abrir aquele lugar, mas acho que precisa ser você."

"Eu? Por quê?"

Jessica sacudiu a cabeça. "Outra coisa que Dexter me contou: que Joey finalmente pediu você em casamento."

"Ele pediu, mas o que isso tem a ver com tirá-lo do clube?"

"Você precisa mostrar que não tem medo de fazer o que for preciso para estar com ele... também, é ótimo para discussões. Você sempre pode dizer, 'Lembra quando eu salvei sua bunda quando Fernandez prendeu você dentro daquele clube?"

Marcus riu. "Eu *sabia* que vocês mulheres planejavam coisas assim!"

Megan deu uma risadinha com a observação de Marcus. "Eu espero que você mantenha isso em segredo, Marcus."

"Quem iria acreditar em mim?"

"J-1, NA ESCUTA?"

Joey pegou o rádio e atendeu. "Na escuta, Misty."

"Por favor, você pode tirar todos da área de entrada? E de perto da entrada também?"

"Claro, nos dê alguns minutos. Você ouviu isso, Tony?"

"Claro, chefe. A maioria está bem longe e nos lados."

"Faça o que precisa fazer, Misty."

"Entendido, Joey."

MISTY TINHA MANOBRADO o tanque de modo que ficasse diretamente em frente à entrada e a cerca de seis metros de distância. Ela havia girado a torre de modo que a grande arma apontasse diretamente para a entrada da frente.

Misty olhou ao redor da torre para seus companheiros, depois respirou fundo. "Espero que isso funcione... Fogo!" Ela empurrou o grande botão que servia como mecanismo de disparo, e a grande arma disparou a munição. Misty não contava com a intensidade do som dentro do tanque e nem os outros três. Todos ficaram com os ouvidos vibrando seriamente após o disparo.

A munição, um AP padrão, ou Armadura-Perfurante, bateu na porta de metal do clube, perfurou-a e passou por ela, caindo do lado de dentro. Encaixou-se na entrada do clube e depois detonou. Com o buraco na porta, a estrutura de entrada já estava comprometida, então a explosão fez a porta explodir em pedaços. Também dobrou tanto a moldura da porta que as armas automáticas não podiam se projetar de seus esconderijos.

O clube estava aberto.

"TONY!", DISSE JOEY no rádio. "Pegue Patty e tire essas pessoas daqui da maneira mais organizada possível! Se Miriam estiver ao alcance, pergunte se ela quer ver Pruett sendo arrastado para fora de seu escritório".

Houve alguns segundos de silêncio, depois Miriam falou pelo rádio. "Você pode apostar sua bunda que nós queremos ver isto! Steve também, e nós gostaríamos de filmar se você não se importar".

"Eu esperava que sim, Miriam. Estarei esperando vocês do outro lado do fosso".

MISTY NÃO CONSEGUIA sair do tanque com rapidez suficiente. Ela desceu o mais rápido que pôde e correu para a entrada do clube. Parou o tempo suficiente para cuidadosamente passar por cima dos restos do infeliz policial e, uma vez lá dentro, abriu caminho pelo buraco no chão.

"Joey!" ela chamou tão alto quanto podia. "Joey! Onde está voce?"

Ela subiu correndo as escadas que levavam ao fosso e parou abruptamente ao vislumbrar o que estava na passarela. Era como se tivesse acabado de entrar em um matadouro, e fez o que pode para evitar vomitar. Mais tarde, verificaram que quatorze pessoas, incluindo Jim Crowe, haviam sido mortas por Ray Pruett, conforme ordenado por Esteban Fernandez. Cadáveres não reviravam o estômago de Misty - afinal, eles tinham visto muito pior em alguns dos seus casos no exterior - mas a violência extrema e descuidada das execuções fez com que suas entranhas virassem chinelos.

Oh meu Deus! ela pensou consigo mesma. *Tudo isso só para chegar ao Joey? E a mim? Como podemos sequer justificar para nós mesmos o custo desta noite?* Ela cruzou os braços sobre o estômago.

Tony avistou Misty ao lado da entrada da pista. Quando ela cruzou os braços sobre o estômago, ele foi até ela.

"Chefe", disse ele.

"Tony", ela sussurrou. "Todas essas pessoas? Mortas por causa de *nós*?"

"Não, *senhora*", Tony disse severamente. "Quase todas essas pessoas *sabiam* onde Joey estava escondido! Elas *conscientemente* morreram para mantê-lo vivo, para que ele pudesse retribuir o que aconteceu aqui esta noite e para mostrar a Fernandez que ele não é dono do povo desta cidade! Então, sim, derrame uma lágrima por elas... elas merecem isso. *Não* merecem sua piedade... nem sua culpa. Isso banaliza seus sacrifícios! Pela primeira vez, minha chefe, eu lhe digo... não pense que foi desperdício com você ou com ele. Foi o último voto de confiança em vocês dois e na Justo Segurança, para manter Fernandez à distância".

Misty enxugou os olhos e fungou alto. "Você realmente pensa isso?"

Uma voz atrás dela disse, "Não há o que 'pensar', srta. Wilhite. Com a exceção do meu antecessor, cada uma dessas pessoas foi de boa vontade para a morte por ele... e por você. Por favor, não parem de nos proteger".

Misty se virou para ver Morris McIllwain, prefeito em exercício da cidade.

"Sim, senhor", ela disse baixinho.

McIllwain sorriu. "Obrigado. Agora, seu homem está no corredor do outro lado do fosso. Acho que ele gostaria de te ver agora mesmo."

Misty sorriu, depois se inclinou para beijar o prefeito na bochecha. Ela parecia querer falar mais, mas se virou e correu na direção de Joey.

"Pruett!", gritou Joey na porta do escritório. *"Saia! Quero falar com você!"*

Joey estava do lado de fora da porta. Ao lado dele estavam Brandon King, Miriam Apple e Steve, o cinegrafista. Todos carregavam Uzis que haviam tirado dos guardas. Steve estava filmando.

Nenhuma resposta veio de dentro do escritório.

"Eu não acho que ele possa ouvir você, Joey", disse Miriam. "Nossa sala privada era tão protegida que nem conseguíamos sentir a batida do baixo."

Joey assentiu. "Você provavelmente está certa. Mas eu tenho que tentar, para o caso de ele poder me ouvir".

"JOEY!"

Todas as quatro pessoas do lado de fora do escritório do gerente voltaram-se rapidamente para o grito, bem a tempo de ver uma morena voadora em um vestido de noite desarrumado atacar Joey e baterem na parede com o impacto. Três das pessoas sorriram quando perceberam que a bomba voadora era Misty. A quarta pessoa não sorriu... Joey estava ocupado retribuindo um beijo muito apaixonado.

Quando o beijo terminou, Misty disse, "Joey, eu não achava que veria você de novo. Eu te amo, Joey Justo, com todo o meu coração".

Joey pressionou a orelha de Misty contra o peito dele. "Ouviu isso?"

Ela assentiu.

"Você coloca o boom-boom em meu coração, Misty. Eu não quero ficar sozinho nesta vida." Ele inclinou a cabeça para que pudesse olhar em seus olhos. "É hora de gritar do telhado, meu amor." Ele olhou para Steve. "Steve, por favor, levante essa câmera. Eu tenho algo a dizer que espero que vocês espalhem para mim."

Steve olhou para Miriam. Ela sorriu para Steve e assentiu. Ele levantou a câmera e deu a Joey um sinal de polegar.

"Meu nome é Joey Justo. A moça que está ao meu lado é Misty Wilhite. Eu sou apaixonado por ela desde a faculdade, mas nunca achei que fosse bom o suficiente para ser seu marido. Aparentemente, ela acredita no contrário, porque eu pedi a ela para se casar comigo, e ela disse sim". Ele fez uma pausa por um momento. "Esteban Fernandez tem sido um fardo para a Justo Segurança há algum tempo, principalmente porque ele me odeia e quer que Misty... bem, use sua imaginação. Hoje à noite, ele assassinou várias pessoas inocentes neste clube noturno, e vários funcionários da Justo Segurança que estavam apenas fazendo seu trabalho". Suas sobrancelhas franziram, e seu olhar para a câmera tornou-se intenso. "Isso termina essa noite. Se você está assistindo, Fernandez, estamos cansados de esperar que você venha atrás de nós. Você começou isso, agora vai ver o inferno que trouxe para si mesmo. A partir de agora, a Justo Segurança está atrás de *você*. Vamos custar-lhe dinheiro, pessoas e, eventualmente, a sua vida - que será a prisão ou a morte. E você *nunca* colocará suas patas sujas e cobertas de sangue nesta mulher maravilhosa... seja agora ou depois que nos casarmos. Nós vamos pegar você, Fernandez. Conte com isso".

Joey olhou para Steve e depois para Miriam. "Obrigado. É tudo que eu queria dizer."

Miriam se inclinou para beijar a bochecha de Joey. "Obrigado, Joey. Sem você e seu pessoal, Steve e eu não estaríamos vivos agora."

Joey corou, depois olhou para Brandon e Misty. "Por que não abrimos essa maldita porta, gente? Então arrastamos esse bastardo esperneando pra fora!"

Brandon sorriu. "Sim *senhor*!"

Os três integrantes da Justo Segurança se alinharam. Eles chutaram a porta quando Joey contou até três. Entraram, armas prontas.

O escritório do gerente estava vazio. Pruett se fora.

Joey praguejou tão fortemente que teria feito um veterano de vinte anos da marinha corar.

Enquanto tomava fôlego, Misty perguntou, "Como ele saiu, Joey?"

"Não sei, Misty. Ele tinha que ter um buraco de coelho, mas onde?"

"Ele está certo, senhora", disse Brandon. "Ele não passou pela porta, e não há janelas. Não há lugar para se esconder aqui. Fernandez queria que vocês dois fossem trazidos pra ele, e sabia que as entradas estariam sendo vigiadas, então Pruett *tinha* que ter uma toca de coelho... e nós vamos encontrá-la."

O escritório estava escassamente mobiliado. Havia uma grande mesa na frente de um conjunto de estantes embutidas, um sofá modular que envolvia um canto da sala, um arquivo e uma porta que dava para um banheiro com chuveiro. Pinturas de boa qualidade estavam penduradas nas paredes à prova de som, variando de pequenas a muito grandes.

A superfície da mesa parecia o lugar mais provável para esconder um gatilho ou botão que abriria a entrada de uma passagem, mas Joey e Misty olharam e pegaram tudo o que estava lá. Então olharam ao longo e sob as bordas. Removeram as gavetas e procuraram dentro. Levantaram a mesa e a moveram vários metros de distância. Nada.

Steve e Miriam ficaram na porta enquanto Steve filmava a busca.

Brandon procurou no banheiro. Não encontrou nada.

Joey parou com as mãos nos quadris. "Ok, restam as estantes de livros e atrás do sofá. Eu pego as estantes. Misty, você ajuda Brandon a mover o sofá."

Joey analisava a estante com os olhos enquanto Brandon e Misty puxavam as extremidades do sofá, com a intenção de separar os módulos.

O sofá não se mexeu.

Joey foi para o meio e o segurou. Ele puxou quando Misty e Brandon puxaram, mas nada aconteceu. O sofá ainda não se mexia.

"Ok, vamos olhar por baixo. Talvez esteja parafusado no chão", disse Joey.

Eles olharam embaixo do sofá, mas era tão baixo que não conseguiram ver nada.

"Puxem as almofadas", disse Misty.

Ela e Brandon começaram a tirar as almofadas das extremidades, enquanto Joey agarrava a almofada do meio. Em vez de sair do sofá, a almofada virou para cima. Embaixo havia uma porta redonda de metal.

"Encontrei", disse Joey, acenando para si mesmo.

A porta de metal, ou escotilha, era de um design simples. Uma roda plana no topo da escotilha a girava e destravava.

"Afastem-se. Não sabemos se isso é uma armadilha", disse Joey.

Misty e Brandon recuaram um passo e seguraram suas armas, apontadas para a escotilha. Joey colocou a mão no metal plano e o girou até a roda ser liberada.

A escotilha tinha um sistema pneumático. Ela saiu para for a e depois se abriu.

Nada saiu de baixo.

Joey foi até a escotilha e olhou para dentro.

Havia uma escada construída em um lado... mas eles não podiam dizer o que havia no fundo. Misty tinha visto uma lanterna na mesa, então a pegou e deu para Joey. Ele usou para iluminar o fundo.

"Humm. Parece um cano de esgoto", disse. Ele analisou por um minuto, depois disse, "Vou descer. Brandon, você fica de guarda aqui em cima e fique pronto para fechar essa coisa se algo der errado".

"E eu?", perguntou Misty.

"Babe, por favor ajude Brandon, ok? E cuide de Steve e Miriam... não deixe que eles se machuquem".

Misty assentiu.

Joey pendurou a alça da Uzi no ombro, de modo que a arma ficasse em suas costas. Ele subiu no sofá e passou para a escada. Começou a descer.

No último degrau da escada, ele apontou a lanterna e olhou para baixo. O fundo do cano de esgoto parecia estar a cerca de um metro e meio abaixo da escada. Puxando sua Uzi ao redor de um braço, segurou a escada e a lanterna com uma mão. Com um pequeno salto para trás, ele caiu no esgoto. Uma vez no fundo, rapidamente apontou a lanterna e a arma para a esquerda, depois para a direita. Nenhum sinal de Pruett.

Joey levou um momento para enxergar a rota de fuga. "Parece tudo limpo." Ele ergueu o rádio. "J-1 para M-2, está na escuta?"

"Oi, Joey. Tudo bem?"

"Megan, Marcus está perto de você?"

"Ummm... sim, eu o vejo. Quer que eu o chame pra você?"

"Sim, você poderia, por favor, perguntar-lhe se ele pode me encontrar no escritório do gerente? Diga-lhe para descer pelo buraco do coelho."

Depois de alguns segundos, Megan voltou ao rádio. "Você realmente quer que eu diga isso a ele?"

Joey sorriu. "Sim, e diga a ele para trazer uma arma... nós vamos caçar."

DR. CALEB MITCHELL, um dos dois membros da equipe médica da Justo Segurança, cuidava dos feridos... tanto o físico quanto o mental. Ele consertava, costurava e colocava os pacientes no caminho da cura física... depois pedia às pessoas que o procurassem em seu escritório na Justo Segurança, e ficaria feliz em ajudá-las no trauma emocional, sem nenhum custo para elas. Jessica estava ajudando Dr. Mitchell o máximo que podia, assim como vários funcionários da emergência médica.

Caleb estava instalado ao lado do exército de ambulâncias. Marcus estava em um pequeno grupo de pessoas ao lado das ambulâncias que incluíam o Chefe de polícia, alguns agentes do FBI, alguns policiais e o novo prefeito.

Quando Megan se aproximou do grupo para chamar Marcus, ela pode ouvir o prefeito falando.

"...Tão sujo quanto o dia é longo. Se ele não tivesse sido executado por Pruett e Fernandez, teria facilmente passado o resto de sua vida na cadeia".

Ele se aproximou a centímetros do chefe de polícia. "Agora, eu *sei* que você é um homem honesto, Chefe, e sei que você não gosta de Joey Justo ou de seu pessoal. Não sei porque, e eu não me importo porque. Mas eu sei disso: por toda a violência causada esta noite, foi Fernandez quem deu o primeiro passo... provavelmente com a bênção de Gould. E só porque Misty Wilhite feriu seu ego dizendo-lhe para 'calar o seu bico' não significa que eles são culpados de qualquer coisa além de autodefesa, ou a defesa de outros em perigo mortal. Se *qualquer uma* dessas pessoas for multada por andar fora da passarela por qualquer um de seus policiais, você se verá patrulhando uma rua em Hooker Hollow ou completamente desempregado. Fui claro sobre este assunto?"

Marcus e os outros homens do FBI escondiam seus sorrisos atrás das mãos ou olhavam em outras direções. Megan teve que esconder um sorriso enquanto se aproximava de Marcus e retransmitia a mensagem de Joey. Marcus assentiu e se virou para o grupo.

"Por favor, me desculpe, prefeito McIllwain", disse ele. "Tenho que me juntar a Joey para alguma coisa, mas gostaria de dizer isso ao Chefe: Senhor, esta noite inteira, tanto aqui quanto no prédio da Justo Segurança, está sob jurisdição federal, e qualquer funcionário da Justo Segurança deve ser visto como agente federal cumprindo seu dever. Espero que você os trate como tal. Obrigado, senhores."

Megan estava rindo para si mesma enquanto caminhava com Marcus para o clube. Marcus fez um bom trabalho mantendo suas risadas para si mesmo.

"CALEB?"

"Sim, Jessica?"

"Eu trago azar?"

"Não, Jessica. Sente-se e vamos conversar sobre isso".

JOEY SORRIU QUANDO Marcus se juntou a ele no esgoto.

"Ok, estou aqui", disse Marcus. "E provavelmente arruinei um ótimo par de sapatos."

"Eu compro um novo par de sapatos", respondeu Joey. "Aqui é onde Pruett desapareceu. Qual caminho você acha que ele pegou?"

Marcus pegou a lanterna e olhou para uma direção por alguns minutos, depois olhou para a outra.

"Quer a verdade?", perguntou Marcus.

Joey assentiu.

"Ele se foi, Joey. Desista."

Joey olhou para o fio de água do esgoto por um momento.

"Sim, isso é o que eu pensei. Merda!"

Capítulo 12

Na remota cidade de Playa Boca Chica, na costa oeste do México, a oeste das montanhas de Sierra Madre e ao sul da cidade de Colima, há uma bela fazenda de 27 quartos. Fica a cerca de oitocentos metros da costa do Pacífico, e está localizado fora dos limites da cidade.

A propriedade tem cinco acres e é rodeada por uma cerca de pedra sólida, com três metros de altura. Soldados federais armados patrulham a cerca, tanto por dentro quanto por fora. Os alarmes são instalados em todos os lugares e o portão da garagem é operado remotamente. Cães de ataque são mantidos em jaulas ao redor da propriedade, prontos para serem soltos a qualquer momento. Segurança na propriedade é primordial.

Afinal, esta é a casa de um general do exército mexicano.

É a casa do general Esteban Fernandez.

DEZENOVE FUNERAIS SEPARADOS foram realizados para os funcionários da Justo Segurança mortos no cumprimento do dever na noite do ataque. Quase todos os funcionários que não estavam de serviço compareciam a cada funeral.

No funeral de Jim Crowe, Tony Armstrong pediu e recebeu permissão para fazer uma declaração. Fez vários elogios e contou a bravura de Jim Crowe em face da morte inevitável. Não havia um olho seco na casa.

Os serviços fúnebres da empresa para as dezenove pessoas foram combinados em um só. Cada nome foi solenemente colocado na parede do memorial no saguão que continha nomes de outros bravos funcionários que deram suas vidas no cumprimento do dever. A placa com o nome de Crowe foi colocada ao lado da placa com o nome de Gus Brazzle e a figura de uma goma de açúcar, um lembrete sombrio de que, às vezes, *há* coisas pelas quais vale a pena morrer.

O proprietário da empresa rival da Justo Segurança, Jim Dandy, compareceu ao serviço fúnebre como cortesia profissional. Ele disse a Joey que ele achava que precisava, porque, mas pela graça de Deus... bem, você entende.

O QUARTO PRINCIPAL da fortaleza do General continha uma maravilha arquitetônica: uma entrada *muito* bem escondida de uma escadaria, acessível puxando não um, mas três livros separados em uma posição inclinada em uma ordem específica. A estante então deslizava para o lado, expondo as escadas. Estas eram esculpidas em pedra e levavam a dez metros abaixo, em uma grande masmorra de pedra. A casa do General fora construída nos terrenos que continham as ruínas de um antigo castelo espanhol, e a masmorra de dez quartos era tudo o que restara. Tinha sido esquecido por toda a cidade.

Desde a chegada do General, muitas pessoas morreram gritando dentro daquelas paredes. Pouquíssimos gritos haviam escapado para fora dos muros do general, mas, ocasionalmente, quando o vento era direto, podiam ser ouvidos em Playa Boca Chica.

É só o vento, pensavam os habitantes locais.

"BEM, JOEY, VOCÊ CONSEGUIU o que queria", disse Marcus.

Joey, Marcus e os outros parceiros estavam todos sentados no escritório de Joey nos sofás e assentos macios. Marcus estava trazendo novidades interessantes.

"O governo dos EUA financiará sua busca por Fernandez dentro de um limite razoável. O financiamento não aparecerá em nenhuma condição, formulário ou documento como vindo do governo, e se algum de vocês for pego fora do país, os Estados Unidos negarão publicamente qualquer conhecimento... embora, em particular, a CIA será implacável em ter certeza de que vocês sairão ilesos. Em troca, vocês concordam em testemunhar em comitês de inteligência secreta da Câmara e do Senado sobre o que aprenderem sobre os dutos de drogas nos EUA, e qualquer coisa que considerem necessária para a segurança da nação", disse Marcus. "Eu tenho que perguntar formalmente: Isso é aceitável para vocês?"

Os seis parceiros trocaram olhares por sobre a mesa de centro.

"O melhor modelo", disse Joey. "Isso quer dizer sim."

"Sim, mas agora, tudo com o que estamos preocupados está dentro de nossas próprias fronteiras", disse Louie.

Megan assentiu. "Louie está certo. Temos o bastante para combater aqui nos Estados Unidos".

"Podemos nos preocupar com outros países mais tarde", disse Dexter.

Cada sócio colocou sua assinatura no contrato que Marcus havia trazido.

"E, ASSIM, OS VERDADEIROS heróis de nossa cidade naquela noite não foram os bombeiros, policiais ou mesmo a Justo Segurança. Os verdadeiros heróis de nossa cidade foram os homens e mulheres que deram suas vidas para proteger Joey Justo e dar a ele a oportunidade que precisava para salvar todos os outros", disse Miriam Apple, para a câmera no noticiário do Canal 7.

"Como resultado dessas pessoas corajosas e altruístas, aqueles de nós tirados de dentro daquele clube naquela noite continuarão a viver... contribuindo... e sendo responsáveis por nós mesmos, nossas famílias, nossos amigos e nossos vizinhos. Eu me considero sortuda por ter ajudado naquela noite... não matando pessoas, isso nunca é aceitável se houver outra escolha. Tenho a sorte de ter sido aceita e incluída no plano para salvar outras pessoas. E todos nós faremos orações silenciosas de agradecimento por abençoar esta cidade com os membros corajosos da Justo Segurança. Eu sei que eu vou."

"OLHA, EU ENTENDO QUE Joey não quer qualquer publicidade ou reconhecimento da cidade, mas eu tenho que fazer alguma coisa", disse o novo prefeito Morris McIllwain ao telefone. "É um novo amanhecer em uma nova cidade!"

RAY PRUETT GRADUALMENTE percebeu que estava acordando.

Começou como uma necessidade de fazer xixi, resultante do constante gotejamento de água de algum lugar atrás dele.

Apenas uma gota, a cada poucos segundos: *pingando... pingando... pingando.*

Quase o suficiente para pensar em uma torneira pingando... ou algo perpetuamente úmido.

A próxima coisa que ele percebeu foi que seus pulsos e braços doíam e que ele não conseguia sentir suas mãos.

Pruett tentou ver acima de sua cabeça, mas a escuridão impedia. Ele também não conseguiu mexer as mãos para os lados.

Onde diabos eu estou? A última coisa que me lembro é...

Esteban Fernandez. E Felix Juarez, braço direito de Fernandez. Quando Pruett saiu pela tampa do bueiro designado, entrou no hotel Embassy Suites na parte chique da cidade. Ele havia ido ao quarto que Fernandez lhe dissera para ir e Juarez o deixara entrar. Quando ele entrou, lembrou-se de dizer, "Sinto muito, *jefe*", e então tudo ficou preto.

Agora estou aqui... mas onde é aqui? E por que eu sinto dor?

Então Pruett percebeu que só conseguia tocar o chão com os dedos dos pés.

Oh, Deus... agora que diabos?

Na escuridão, ele ouviu um rangido rítmico, chegando mais perto.

Pruett quase quis gritar.

Com um brilho súbito, um holofote apareceu sobre sua cabeça. A dor penetrou em seus olhos quando a luz quebrou a escuridão. Finalmente, ele foi capaz de ver.

Os braços de Pruett estavam firmemente presos pelo pulso por correntes e algemas pendurados no teto, ao lado do holofote. Com os olhos arregalados de medo, ele olhou para baixo.

Um carrinho de rodas estava descansando ao lado de uma cadeira de metal dobrável. Sentado na cadeira estava Esteban Fernandez. Seus olhos eram muito parecidos com os olhos de um tubarão, com as pupilas negras como suas íris, anormalmente grandes. Fernandez raramente piscava, o que aumentava a semelhança com o olhar vazio de um tubarão.

Fernandez tinha um largo sorriso no rosto, quase um rito. Ele estava vestido de macacão branco.

"*Jefe*", sussurrou Pruett. Ele estava apavorado.

Fernandez assentiu. "No final do século dezoito, os Apaches que se escondiam na Sierra Madres costumavam torturar seus prisioneiros. Eles queriam ver o tamanho do homem que haviam capturado. Quanto mais tempo um prisioneiro resistisse à tortura, maior o homem que eles tinham em sua posse... o que, é claro, refletia sobre eles, tornando-os grandes por capturar um grande prisioneiro".

Com um sorriso intacto, Fernandez estendeu a mão para a prateleira de cima do carrinho de rodas, onde Pruett notou várias ferramentas incrustadas de marrom. Fernandez havia selecionado um bisturi.

"Uma de suas torturas favoritas envolvia cortar pequenas tiras de pele de alguns centímetros do corpo do prisioneiro. Muitos homens duravam até quase terem sido esfolados vivos".

Ele se inclinou para a frente e olhou nos olhos arregalados e assustados de Pruett.

"*Señor* Pruett, vamos discutir sua falha em entregar os meus inimigos para mim, não é?"

É SÓ O VENTO, pensava o povo da cidade.

SOBRE O AUTOR: T. M. Bilderback é um ex-locutor de rádio com uma série de idéias de histórias rondando sua cabeça, a maioria baseadas ou inspiradas em canções clássicas. O autor atualmente reside no Tennessee, e escreve febrilmente para banir essas histórias de sua cabeça e em forma de livro, antes que elas o façam sair gritando pela rua.

T. M. tem anotações para muitos romances e contos. Cada um deles é baseado em letras de alguma canção clássica.

Outras obras de T. M. Bilderback
__Nicholas Turner__
Se Você Pudesse Ler Minha Mente
__Justo Segurança__

Mamãe Disse Para Não Ir
Alguém Salvou Minha Vida Esta Noite
Jackie Blue
Acorde-me antes de ir

Sábado no Parque
Parque MacArthur
O Pequeno Baterista
The Night Chicago Died
Jim Dandy
Cow Patty
Hell's Bells
Black Dog
Lido Shuffle
__Contos do Condado de Sardis__
Não Apareçam Mais Aqui
A Fazenda do Junior
The Devil's In The Details
I'm Your Boogie Man
__Outras Histórias__
O Naufrágio do Edmund Fitzgerald
Ouro
Uma Garota Selvagem
Quem Dorme É O Leão
Heart Of Glass
Eli's Coming
Empty Eyes
Greatest Hits